后浪出版公司

迁徙的间隙

董劫 —— 著

四川文艺出版社

目　录

涂涂人的雨林

当地的一个涂涂人告诉我，是一座雨林，而不是一片。

这是他说过不多的几句话之一，涂涂人都不怎么爱讲话，还把沉默时的底噪也抹去了。他们总撑着一根木条，下巴抵在上面，说话时需借力张开嘴，那是他们唯一维持住的东西，其他所有都在倏忽之间。我猜想，那根木条就像我外公戒烟时嘴里含着的糖——人总得把握点什么，即使是舍弃了历史的涂涂人，也无法活成一条没有岸的河，木条就成了替代。

涂涂人不叙述历史，也不需要故事。他们厌恶这种呆滞的庞大，就像厌恶将雨林形容成一片，他们不喜欢这种概括的俯瞰行为，被笼罩才是恰当的。当你站在雨林与现实的咬合处，切实地让它扑面而来，边界才得以通过迈入时的那一步被感知，穿梭和流动也由此显现。

一个涂涂人走在前面，在成吨的蛙声中破开一道口子，使我们的鼓膜恰好处于紧张的临界状态。有时他停下来，像是等待什么东西通过，临界状态就会被打破，蛙声迅速填补了缝隙，晕眩感随即攀升。

　　但是不能催促他。涂涂人过于神秘，让你觉得他们永远是自洽的，不好被打破。我们只能站在他身后，偶尔通过摩擦脚底的腐叶来抗议。不时有蚂蚁从叶子底下爬出来，就难免陷入困惑：为什么目所能及之处看不到一只蛙，声音却无处不在？就如同在拥有确凿颜色的水面上捞取一手掌的样本，永远都只是透明的，似乎这种渺小的局部不配呈现出某些整体才拥有的特性。同样地，蛙声的降临也就找不到途径去溯源至任意一只青蛙上，它们是充斥成的一个整体感知，布满在雨林间。

　　"别听住它。"涂涂人这样说。他回过头，把手里的木条挥舞起来，一看就是在驱赶着什么。我们没有东西可以用来挥动，只能甩甩脑袋，用双手比画。然而我们并不知道他究竟是在驱散蛙声，还是赶走使他停下来的那个阻碍。就这样盲目地模仿一段时间，因为总要做出一些反馈，直到涂涂人停下来，继续向前走。

　　蛙声减弱的时候，人们会觉得已经步入了雨林的腹地，这是错觉。人期待坐实一些改变，会打上一些关键帧，把周而复始的东西捋成线性的，截取其中一段告诉你落幅确实偏移了。实际上，蛙声只是暂时收敛成一种更轻微的氛围，隐隐地让你获得某种阶段感。绝大多数人都在这时涌起了一种抵达的愿望，征服些什么。而在此之前，他们都只想穿过雨林而已。涂涂人连穿过的欲望都不存在，所以他们才能成为这片雨林的翻译员。

　　雨林的解释权被涂涂人占有，涂涂人则把他们自己的解释权丢进了火堆里，这是从他们选择舍弃历史开始的。而雨林给予涂涂人的奖励则是，它保留了每个涂涂人的记忆。

一个涂涂人用木条指了指地面上的蕨苔。"这些就是。"

我们俯下身子，了解到这便是涂涂人与雨林的共生方式，更准确地说，是涂涂人与过去的共生方式。张小莉把手轻轻搭在蕨苔上。我关切地期待她做出某些反应，但什么都没有发生。我想起了在汉口的时候，爷爷接我放学的路上，在基地大院的路边有只麻雀受了伤，我们将它捡起来带回了家。爷爷拿出一粒米饭喂给它，和我说，能不能活，就看今晚了。麻雀咽下了米饭，停滞在那儿，它既不好转也不恶化，这种没有迹象是最可怕的。"有些凉。"张小莉说。我说服自己松了一口气。

看来还是需要一个涂涂人。涂涂人撑着木条来到我俩中间，他弯下腰在我面前伸手抓了一把，然后慢慢收回。他的手显然是空的，什么都没有抓到。但涂涂人将一团不存在的东西抓取在手里，小心翼翼地别在了腰间。算了，别去质疑涂涂人。涂涂人把木条用力插在了蕨苔的中间，蛙声就起来了。

"别听住它。"涂涂人又说了一遍，他坐在我和张小莉中间，一动不动。蛙声越来越浓，显然我们都无法做到涂涂人的要求。他觉察出我们的晕眩，哼起小曲来。涂涂人的曲调在蛙声下影影绰绰，聚聚散散。后来我发现他在同时哼好几首曲子，以至于我无法捕捉到任何一首。我和张小莉有了一个对视，明白她处于和我同样的境地。在对视结束后，蛙声就不见了。

涂涂人将我和张小莉的手摆在了蕨苔上。是有些凉。涂涂人拔起那根木条，就立刻发生了一起喷涌和淹没。我感到自己被比蛙声更庞大复杂的东西进驻了，似乎连一道缝隙都找不到。

"别想住它。"涂涂人的声音被强烈地干扰，但我依稀能听清这几个字。"流动起来。"我确信我无法理解涂涂人的含义，但当我本能地想象流动时，就从庞大中伸出了一道飘忽的缝隙，它碰到我的指尖，便"唰"地带来了一场释放。

我首先看到的是曲阳图书馆的两个老人，他们目光分散，但言语交汇；后来出现的是震旦纪生物的化石和我妈妈收拾衣服的情景；还有升旗台下的两个女孩将国旗卷好藏入了花坛后的一个小房间里。这样的画面延绵不断，它们无法被打上标记或者截断，也无法被梳理成脉络清晰的某种叙述；而当我试图列举一个时，就不可避免地错过了更多。我也曾冒险违背涂涂人的叮嘱，"想住"某个东西，换来的结果就是我无法承受的无穷无尽的细节：比如当我"想住"某个儿时的乐高玩具，那么它的每一个步骤，每一块零件与零件的连接方式，以及它们的每一处划痕都在瞬间延展开来，令人肿胀。

张小莉比我晚几秒松开蕨苔，她睁开眼时，比我第一次见她还要崭新很多。涂涂人示意我们握住同一根蕨苔，又让我们额头相抵。但很快他便发现了我们的犹豫，意识到自己有些操之过急，随即招呼我们起身。

一个涂涂人，一个涂涂人把手伸向腰间，就是刚才他从我面前抓取的那团空白之所在。涂涂人缓缓地把它解下，捧在手里，接着往上一抛，目送它离开。我依旧什么都没有看见，但渐渐地，我就听见了翅膀扑腾的声音——是一只麻雀的动静。

　　麻雀的声音朝雨林的上方淡去，随后往南方飘散。涂涂人看着那个方向说，雨林的南方，还有一座雨林，而那里的人连木条都不需要。

　　张小莉问涂涂人，为什么他们不去到那里。涂涂人沉默了一会儿，之后再度用下巴抵着木条撑开了嘴，他说："那里不可抵达。我们唯一知道的，只有界限的存在啊。"

2017.7

迁徙的间隙

　　城市的中心是一片沙漠，我们住在沙漠的中心。沙漠变化，有时它吃掉一些地方，有时吐出一些，这都说不准。我们居住的区域可以说是镇，也可称为村，更准确的说法是游牧部落，它不定居在这个城市，而总带着沙漠迁徙。

　　不谈这些虚头巴脑的，我要说的是我和我的邻居，我叫他长灰了。我总觉得邻居是一个横向的概念，但长灰了与我的空间位置关系是纵向的，他住我楼下，家里开了一间杂货铺。他家的杂货铺也是个纵向结构：底下三分之二的空间是卖东西的，上三分之一被隔断出来，作为睡觉的地方。我一直不知道他们是怎么做的隔断，可以使三个人平稳地睡在上面。我也从未通过梯子穿过方形孔洞进入那个上层空间，但我十分、百分地向往那里，我想象那里是拥挤的、狭小的、黑漆漆的、丰富的。那里应该铺有几层床垫床单，堆放有一些日用品，靠墙可能有些很烂的杂志，角落有一个小取暖器或风扇，应该还会有挂历、灯管或手电。上层的空间不足一米高，而整个杂货铺的面积约摸有四到六个平方。我没有上去过，我只听过长灰了的妈妈在底下叫他，长灰了就从那个孔洞里探出头，再借着梯子下来。这个过程让我很向往：他是从那里"出来"，而"进入"这里，这就不单只是横向或纵向的行动，而是维度上的，复杂性的，有时空感。

我揣摩，这与我更小时候就体现出的爱好有共通性：儿时我坐在地板上，翻看图册，我喜欢洞穴、金字塔、大机器和各式住房。我尤其热爱它们的剖面图，令人兴奋。我和长灰了也做过与之相通的事，我们将马路对面住宅区里的小型游乐设施想象成了某个基地。我们热衷于挤在管道或小屋子里，编造出情节和世界。我突然回想起，那个游乐设施也是建立在沙地之上的，这不禁令人怀疑，这片沙地上的游乐设施，是否就是这个部落的中心地带呢，恰如沙漠在城市的中心，我们在沙漠的中心。但我很快就磨灭了这种假想，因为有几处不一样：沙漠会变，沙地不会；部落会迁徙，但游乐设施不会；沙漠是否总存在于城市的中心，也不得而知。这种投射是没有意义的。

想到这里，我才发现一件重要的事：自我出生到现在，并与长灰了一起玩耍的这些时日里，我还从未经历过"迁徙"。我没有觉得部落在动，或部落带着沙漠在动，我也没有去过沙漠外的城市。这似乎与游牧相距甚远，我也忘了我们会迁徙这一重要的事实概念是谁告知我的，我的父母，或是部落里的长老，还是口耳相传的约定俗成，我早已没了印象。这已经是既有的常识、刻板的认知，所有人也都是这么觉得的。

我恍悟到这一点时，是九岁了，还在读三年级。我对这一生存区域的前提产生了怀疑。我没有把这件事告诉长灰了，事实上，我明白我心底里对他是看不起的。这是我的顽疾！我认为他没必要思考这一问题。他只是蜗居在杂货铺上层的一个土里土气的男孩，哪怕在沙地上的基地里，也只配充当我的助手。他嘴角总是挂着一点哈喇子的痕迹，连同他酷似校服的着装，都令我大为光火，却又窃喜：他确实只是低劣一些的人。所以我不同他讲，我要独自去问一些人，随便哪些人。

　　离杂货铺不远处有一个修鞋的，那个师傅人很好，我妈妈常找他修鞋。我寻过去，问道："您见过这个部落带着沙漠迁徙吗？"他边修鞋边肯定地点了点头。看起来很真实，因为很寻常。我又问："多久一次呢？"他把手里的鞋翻了个面仔细检查："不好说，一两个月，或者更长点。"我有些惊诧，说："可是我记事以后就从来没见过迁徙，这是怎么一回事？"说完我便感觉有些丢脸，我不该这么轻易就暴露自己的意图给一个修鞋的，这太不稳重了。修鞋的没停下手里的活，他说："那又比一两个月长多少呢。"我一时语塞，修鞋的接着说："别急啊，快了。"我走了，我不太相信他。

　　回到家楼下时，长灰了正在玩烟火，我于是走过去和他一起。烟火是他从店里拿的，不要钱，也不限量。我觉得这样很好。这一爱好从上一次过年沿袭下来，烟火一直有残存，所以我们就一直玩。我们主要拿烟火烧东西，还烧过蚂蚁，花坛旁有一个蚂蚁窝，我们用苹果核和糖把蚂蚁引出来，然后烧它们，全都焦了。有一次我觉得这样是在作恶，于是捡来一张红色包装纸，给那些蚂蚁超度了。长灰了也学我这样做，后来我们就没再烧蚂蚁。今天长灰了向我提议要去烧沙子。我说："白痴，沙子是用来灭火的。"他就不说话了。我又想了想，如果我们把沙子弄湿，打一个隧道，在隧道里生火，应该很好玩。于是我把这个改良后的提议告诉长灰了，他很赞同。

我们来到沙地，按照计划挖了一个隧道，然后把烟火点燃，伸进隧道里，它果然火花四溅，把隧道打亮了。我和长灰了都很高兴，大约点了三四根烟火，随后丧失了兴致。我们抬起头，发现游乐设施上有一个女孩，她应该比我们大，看起来有十四五岁，我觉得她这个年纪不应该再来这个地方了。我和长灰了看着她，她的头发齐耳长，戴着红框的眼镜，穿着紫色的 T 恤和紧身牛仔裤，她看了我一眼，随即从滑梯上滑下来，跑出了沙地。我和长灰了跟在她后面，我跑在前面，余光里长灰了紧紧跟着我，这是我头回觉得长灰了试图超过我，但他仍然不敢，他始终死死顶着那道界线。我们在一个干涸的露天泳池边停下，这个泳池和游乐场都属于这个小区的公共设施。女孩就在泳池里。泳池底部和四周都贴着蓝色的砖，有高低起伏。她在泳池的中央来回走，不一会儿就发现了站在池边的我们。

她没有说话，我先开了口，我说："嘿！"她就盯着我，不说话，她的长相让我上瘾，没法移开视线。我腾不出过多的空间思考，脱口而出道："你见过这个部落迁徙吗？"话一出口我便懊悔极了，我竟然在长灰了身边问出这个问题，现在他也听到这个问题了，不管他多么愚蠢，他总也会思考这个问题，这是我不愿意看到的。女孩仍站在泳池的中央，微仰着脑袋，"见过啊！"她说，她的声音有些粗。"什么时候？"我问。"我很小的时候。""为什么这么久它都不动了。"女孩皱了皱眉，声音轻了些："不知道，谁知道呢。"她顿了顿，"不过快了！"我有些恼火，为什么他们都说快了。

女孩向我走过来，她爬上泳池的梯子。我透过领口俯看见了她的胸脯，是隆起的，上面还有些汗珠，泛着亮。她上来时甩了甩头发，脸上没有痘。她瞥了一眼长灰了，没有做任何多余的打量，这让我满足。"为什么快了？"我问她。"大家都这么说。"女孩说。"大家都在议论这件事吗？""当然了，部落已经十年没有迁徙了，从来没有这么久过。这座城市已经经受不住了。"我受到了很大的打击，显然，我的质疑不再独特，所有人都意识到了这个问题，可能除了长灰了，大家都对迁徙这件事有所疑问。而且他们还比我更进一步，因为他们知道迁徙快要到来了。我扭头看了看长灰了，他面无表情，呆呆地看着泳池，我觉得他想一头栽下去。忽然，他抬起头盯着女孩看，"你经常来这里吗？"长灰了指着泳池问她。我不敢相信我的耳朵，长灰了竟然向女孩提问，他应该一言不发，应该闭嘴。可我还来不及堵住他的嘴，女孩就回答了他："还好。""我想把这里也作为基地。"长灰了对我说。我抑制住怒火，对女孩说："他有病。"女孩没什么反应，

"我先走了，拜拜。"说完她便朝高高的住宅楼走去，她应该住在这里。我看着长灰了，待女孩走远，我扇了他一巴掌。长灰了哭了，一路跑回沙地。我跟在他后面，他蹲在沙地上哭，我用力往刚刚挖的隧道上踩了几下，又拨了些沙，把它弄平，然后就走了。

我和长灰了很长一段时间没有说话，这些日子中，我制订了一个横跨整个部落的行走计划。我想，我走不出沙漠，但至少能将部落的全貌一探究竟。我从清晨出发，随身携带了一只望远镜。一路上，我发觉许多未曾见的地带，比如：部落里有一条河，河水很脏，泛白，但没有臭味。河边扎了许多的帐篷，我回忆起一年级课本上曾提到的游牧原教旨主义者，心想这应该就是那群人。他们坚持在河边扎营，并只住帐篷。而事实上，大部分的部落居民在几百年前就不住在帐篷里了，书上写：部落的迁徙完全是部落本身的行为，它自己移动，就如同地球的公转和自转，并由不得居民们做主，也不会对他们产生物理上的影响。原教旨主义者们这样做只是一种执迷于形式的行为艺术罢了。我暗暗思忖：部落已经十年没有迁徙了，这应该令这些住在帐篷里的人很没有面子，至少在这十年间，使用价值自不消说，这些帐篷连一点儿象征意义都不剩。我叹了口气，对他们表示同情。我走上跨河的桥，把望远镜对准了一个门帘虚掩的帐篷。望远镜的倍数足够令我透过缝隙看见帐篷里的情形：一场男女间的性事。男人已经上了年纪，有大把的胡子，部分是白的。他的嘴巴微张着，瞪着眼，像一条鱼，令人作呕。我轻微调整角度，直至看清他身下女人的脸孔。那个女人还不到女人的年纪，戴着红框眼镜，头发齐耳，正确无误。她身体起伏，但面无表情。我收起望远镜，落荒而逃。跑下桥的一刻，没有来由地，我很想痛揍一顿长灰了，我用力挥了一下拳头，什么也没砸到。

我像一只貘，笨拙鲁莽而散发着恶臭地继续行程。这只貘钻进一个地下隧道，半分钟后从另一边的出口钻了出来。它很快就穿过了部落的大部分区域，比原先计划的提前了不少时间。它已经到了沙漠流变的区域，也就是部落的边界。这里鲜有人居住，因为沙漠随时可能吞噬或者释放这里的土地。这时我才发现，今天是我的生日了，每一个生日都是令人难受的事情。

我正停在部落与沙漠的边界，身后突然传来一声金属的响动，我回头看去，一大块铁皮从地面上被翻开，那原来是一个大铁箱的顶盖，盖子上流下来一些砂砾。铁箱埋在地下，从里面探出一个肥头大耳的人，戴着飞行员的眼镜，裹着条围巾。"你。"他叫我。我向他走近了两步。"你来这里干吗？马上就要迁徙了。""真的吗？为什么是现在。""不知道，城市里传来的消息。"说着他用下巴指了指沙漠的深处，那只是一个方向，除了沙子什么也看不见。"回家吧。"他补充道，说完便回到了地下，铁皮盖子砰地盖了下去。我盯着那个铁皮看了好一会儿，风沙渐渐大了起来，但透过风沙的吵闹，我还是能依稀听见铁皮下传来的动静。我辨认了许久，最终认定，是那个人在跳舞。

此刻我做了一个决定：我要穿过沙漠去往城市里。这么做的原因很简单：第一，我没有听过有人这样做过；第二，那个戴飞行眼镜的人告诉我迁徙是城市里传来的消息。做出这个决定的时候，我就知道这个故事的结局不远了：我应该永远走不出沙漠，也等不到迁徙！这样很好，我也不用再见到长灰了，可能那个红框眼镜的女孩在我记忆里出现的次数还会更多一些。我一定会一直存在于沙漠里，至于迁徙存不存在，我不会告诉你们！我在这个故事里从九岁变成了十岁，这就够啦，这样才对——但事实却不是这样。我的确在沙漠里走了很久，走到后来，我应该是看着自己在走，以至于当我看到城市出现的时候，我十分冷静。城市里都是高楼大厦，我用望远镜看过去，没有任何的特别之处，城市里的人和部落里的人没有什么区别，他们都在正常地生活着。我仔细地研究我看到的城市的每一个角落，有一间房子着火了，消防队员正在救火，这是唯一有些特别的事情。于是我断定，这群城市里的人对迁徙一无所知。但很快，人们开始集中出现在街道上——像是接到了什么指令，他们都有序地集合起来，往远处走。只用了很少的时间，望远镜可以看到的区域已经没有任何人了。我感到十分失落，我知道迁徙要来了。当我发现我脚下的沙开始流动时，我明白迁徙是存在的，十年只是比一个月长些而已。这个时候，我的脑袋里只冒出了两个东西：一个是红框眼镜的女孩，想到她的时候我咂了咂嘴。第二个是我见到迁徙后的唯一感受，我不知道我为什么会这么想：这个世界是有坏人的。

　　我决定要好好看看这次迁徙，我用力地朝城市跑，不远处有一幢高楼，我爬上了楼顶。在楼顶，我目睹了属于我们部落的迁徙，沙漠在移动，远处有一个小黑点，就是我的部落。这个景象一点也不壮观，它太拙劣，太匠。沙子在地表慢慢地前行，覆盖城市的地面，这是多么扁平而庸俗的移动方式！我感到愤怒，尽管这是迁徙应有的形态，尽管我想象中的迁徙就是这样，但我依旧觉得愤怒。

我突然想起来长灰了，我想到他此时应该蜗居在他杂货铺的上层。我兴奋地举起望远镜，但还不够望到部落。"放大！"我吼道，"再大些！"望远镜努力地往前伸，终于够到了我家的房子和长灰了的杂货铺。我屏足了一大口气，用最大的声音喊道："长灰了！"我将望远镜对准那个方形的孔洞，大约过了十几秒，声音传到了杂货铺那里，我能看到那层隔断的板子有一些起伏，随后，从那个洞里探出了长灰了的脑袋。他愚蠢的眼神痴呆地望着四下，寻找着谁在叫他。"长灰了！"我又叫了他一声。他于是顺着梯子下来——这就是我要看见的那一幕——他从那里"出来"，"进入"了这里。比起迁徙，这才是移动！真正地存在于时空里。

我用望远镜死死跟着长灰了的动作，我并没有丝毫与他和好的打算，但他的移动着实令我兴奋。望远镜里的画面颠簸起来，因为我开始狂笑不止，手舞足蹈。

2017.4

白色故事辑

1. 满

这天下午，宇宙满了。

宇宙满得很突然，没有任何征兆，人们都没有料到这天来得这么快。事实是宇宙看起来的确仍是空荡荡，却透着一种难以名状的挤。这种挤由体感带来，地球的公转被迫停止了，自转也发出了呲呲的摩擦声，甚至连宇航员的行走都变得不可能。

人们怀疑宇宙恋爱了。恋爱中的人看上去很空，里面却很满，宇宙现在符合这一状态。但事实并没有这么浪漫，宇宙没有爱上谁，宇宙在许多年前和一个小姑娘谈过恋爱，就小姑娘的回忆来说，宇宙谈起恋爱来挺可爱的，稍还有些笨拙，但那次宇宙并没有满。小姑娘是一个张家口人，她说宇宙看起来和她的膝盖差不多高。

人们试图找到宇宙变满的原因，但由于宇宙满了，人们只能委身于地球上观察，这就很被动。飞船、卫星、小行星、彗星都停了下来，所有宇宙里的东西都在经历一次原地休息。人们不禁有些气愤，宇宙不由分说地满了，实在有些任性——这是很不负责的行为。好在地球里没有满，除了不再有四季的变化和忍受地球自转发出的摩擦声外，人们的生活并没有受到太大的影响。

夜晚的星空被定格了，观星的人开始变多。人们嘲笑着一些努力着移动的星星，它们的动作就像在挤一颗愚蠢的痘。有一颗痘爆了，这意味着宇宙中出现了一个空隙。宇宙因此经历了一次震动，所有的星体都被迫挪动了一次位置，地球大约挪动了一万个膝盖的距离。

这一次挪动使得宇宙中的焦灼感更为强烈，因为大多挪动了位置的星体都变得更加不舒服，不是被硌着，就是重心偏了些。那一小点微不足道的空隙很快被稀释了，但我们无法否认它的存在。一个肢解的星星大小的空隙足以使得很多宇航员和人造飞船拥有移动的空间。于是地球派出了那个曾和宇宙谈过恋爱的小姑娘，她已经上了年纪，说话仍带着稍微的河北口音，我们仍然称她小姑娘。

被从家里带走时，小姑娘在织着毛衣，她织的毛衣是一整块，当一根毛线与另一根交叉之后，它们间的空隙就消失了——这是一件织得很满的毛衣。人们因此认定宇宙这次的变满和小姑娘一定有着某种联系，他们兴奋地将小姑娘连同她的毛衣一起送进了太空里。小姑娘从飞船里出来时带着她一整块尚未织完的毛衣。在人们瞩目的时候，毛衣却散了，散成了两条很长很长的毛线。红色的毛线向两旁飘去，它们似乎没有要结束的意思——那是两条直线。

宇宙夺去了小姑娘的毛衣，小姑娘因此得到了一个空隙作为回报。这一空隙是很珍贵的，因为那两条毛线构成的直线再次填补满了宇宙中所有的空隙。现在，宇宙里仅存的一丝空隙就在小姑娘的手里了。小姑娘带着空隙回到了地球，科学家们试图研究这块空隙，却发现根本无从下手，因为这是一块比真空更空的空，是一块虚无。科学家不能研究没有的东西。

　　小姑娘把这块空隙贡献给了自己的家乡，张家口市为此建立了一座纪念馆。张家口因为保留了宇宙中的唯一一块空隙而得以闻名。

　　但事情并没有就这样结束。毛线在填补完宇宙的空隙之后，开始蔓延至每个星体的内部，这很恐怖——因为这会剥夺人们所有的活动空间。可这一切来得很突然，地球是最后被毛线填满的地方。人们都被挤住不动了，整个宇宙里真正地不存在任何一道空隙，除了纪念馆里的那一个。

　　小姑娘被毛线挤到了那块空隙面前，她已经上了年纪，反应有些迟钝。但我们能看到她在慢慢地变小，变回了一个真正的小姑娘。小姑娘被毛线推进了那块空隙里，空隙包裹住了她，她现在存在在一块不存在里了，可她又是唯一还真正存在的人。两条毛线最终连成了一条，它们相碰之后，宇宙里就终于安静了，不再有一丝动静。

　　这天上午，宇宙彻底满了。这个和自己膝盖一样高的宇宙想嘻嘻地笑出声，却发现自己满得笑不动。最后一块空隙里的小姑娘摇了摇头，她觉得宇宙太笨了。小姑娘不住地发出了笑，笑声充满了整个空隙。

2. 白色阳光

如若天空中泛起一阵虚假的纯蓝，那么通常预示着白色阳光的降临。

这并非什么稀有的事儿，任何一个凉爽、空旷、闲适和晴朗的下午都有可能出现这情况，上述条件是"并"的关系。当白色阳光出现的时候，世界是过曝的。死黑几乎不会出现，而只会带来大量的眩晕。从听觉上，它则把你罩在了一层玻璃里。村子外的集市会显得冷清，事实上，它比真正的冷清要热闹，可白色的阳光会令这半里泥土路两旁的摊位格外肃杀。一辆马车经过，马蹄声与车轮声的嘈杂透露出一股阳光下的冷。这冷对鼻腔的刺激最大，它拥有味道，大致是一种幼儿园的走廊混合着公园湖面再略微掺杂着蚂蚁被烧焦的气味。这很复杂。但倘若你见到了白色阳光，你一定很容易就能理解到。

大多数人在这时候会陷入一种自以为是的沉默。不论身边是否有表，秒针走动的声音都清晰可闻，甚至是光线划过耳朵的动静。并不是嗖，而是嗡。人们认为这时候应该沉默，这是沉思的好时机，他们迫使自己陷入或回忆或反思或幻想，并最终一无所获，往往以一声叹息结束。就好似那游荡在村子外集市上的人们，面对着过曝的商品，聆听着隔着玻璃的声音，品尝着马车轱辘透出的冷，最终放弃了购买的行为。

最尽头的小贩自中世纪起就坐落于这里，他是这片大陆寿命最古老的人之一。他见过成千上万次白色阳光，深知这无非是一个无聊的游戏，一个天气和大脑共同达成的默契。老天借机打一个哈欠，而大脑也可以吸一小口毒品。但这个小贩乐于参与这个游戏，他终身未娶，每到白色阳光到来的时候，他总会为此哀叹。爱情啊。婚姻啊。最后以一声哎结束。

这片大陆上有许多人和他一样看透了这一真相，但无一选择破坏它，这是一种可贵的自我感动，它令村子外的石头更坚硬，泥土更踏实，水流更清澈，残雪更白，甚至毛了。据说有人战胜了白色阳光，他们最终会升到云端。但讽刺的是，白色阳光出现的午后，天空中绝不会有云。

那些看透真相但不说的人，原因无非有二，一是觉得眩晕令人舒适，二是他们认为白色的云最终战胜不了白色的阳光。通常，他们会不适时地告诉村里的人，在凉爽、空旷、闲适和晴朗的午后，去集市里逛逛，很有可能，你会碰见天空中泛起一片虚假的纯蓝，那就预示着白色阳光的降临。

3. 箱子

我丢了一个箱子，里面有我非常重要的东西。当我试图找回它却无果时，箱子找到了我。但它没有停留。于是我叫住它，但我分不清是箱子更重要，还是箱子里的东西更重要。箱子说自己已经空了。我没动。于是我知道，我是要找回我的箱子。尽管这一点用都没有。

从我出生起，我就知道我要找一个箱子。在我出生前，我就丢了它。箱子里的东西对我很重要，它关乎我寻找它的意义。它关乎我自己，也关乎它自己。但出生后的我没有任何的线索，我找了它许久。它也许在一辆出租车上被弄丢了，可能我拿过小票。但这一点用都没有。

在我存在前，一个箱子就知道它被我弄丢了。它也在找我，可我还不存在。它知道它里面有很重要的东西。它找了我许久，我关乎它身体里的东西，它需要我打开它。可当我存在之后，它就发现那些东西已经空了。而它偏偏遇到了我。它没有停留，因为那一点用都没有。

如果箱子也会知道出来些什么。知道就有用了。

4. 大

大在很多时候并不大，甚至有一些小。可是它偏偏是个大，这令大有一些尴尬。小在大多数时候就都很小，这就使大觉得不公平。大于是也很想变成小。

大怎么能变成小呢。远近高低都因此嘲笑大。小则觉得有一些得意，毕竟有人想成为自己，多少可以满足一些虚荣心。大最后肯定没有和小相爱，这是我必须说明的前提，两个字没有相爱的可能。这里的大就是你所熟知的大，小也是你认识的小，没有其他的意义。

大在成为小前经历了很多，首先它成为了中等。中等是两个字，大的本意是接近小，但却意外地变大了，意义和面积形成了矛盾，迫使大放弃成为中等。

后来大变成了前。大觉得有微妙的不同，大本来的职责是形容一个空间，现在则变成了空间中的一部分。大由此觉得自己变小了。但小不认账。小认为大兜了一个只有自己看得懂的圈子。谁也不知道为什么，大和小就大试图变成小这一事件上形成了一种共同努力的关系。大的努力在表面，小的努力在内心。

一个秘密是：小曾经不是小。小曾经是超级。超级是很厉害的，其实应该说超级是超级厉害的，但这样很像一些女孩描述自己崇拜的男孩，而且超级不愿意，超级更愿意用很来描述自己的厉害，因为它和很关系非常好，而非常与好的关系非常好。我想你明白了。

超级之所以会变成小是因为超级是俗气的，只有超才是灵气的。超级在试图变成超的时候，一个不小心成了小。由于超和小押韵，超级就暂时寄居在小里。原来的小去哪里了呢？原来的小维持住了自己的小，它作为超级小存在。那么原来的超级小去了哪儿呢？它没有维持住自己的地位，瓦解了，极小因此得以幸免。

小在想起这些的时候，便不觉得大要成为小这一事件使得自己得意，因为自己并不是真正的小。在意识中此刻的小应该是超级，甚至是超。小对大的态度于是有了转变，它开始担心大在成为小后自己会随之瓦解，毕竟自己并不具备维持小的能力，它的内心是超。

大看出了小的心思，大得知了小的秘密。大突然失去了对小的执着。大认为小失去了它的魅力，因为此刻小实际是不存在的，大不愿意自己往一个不存在靠拢。大忽然觉得，自己虽然不大，也不一定就是小了。既然大可以不大不小，那么它也可以是其他的任何字。

这时大掌握了一种真正选择自己的机会，大在仔细地斟酌后成为咦。咦是一种疑问，它代表了大对这一过程中它对周遭产生的疑惑。

小因此受到了感染，小觉得有一些羞。小觉得自己不应该把自己安于现状地留在小里，应该重新回到成为超的路上。咦找到了小。它们此时已经成为两个完全不一样的字了，几乎不会产生什么联系，没有人会把小和咦放在一起说。小终于决定努力把自己变成超。

超是很酷的。咦和超一样酷。小成为超尚需要一段时间。但当它成功之后，它也许会因为另一个不小心而和咦相爱。那将是这个故事的结局。

这个结局和大一点关系都没有，大只是这个故事的开头，而这是一个关于结局的故事。

5. 葱的历史

养葱是河套人的一项爱好。这一爱好使得河套人的生活变得有理有据，不会沦为空中楼阁。

养和种是不一样的——不用解释，我一提你就能明白。

河套人养葱是很纯粹的，养葱不是为了吃，不是为了闻味，也不为了美观，而只是为了养葱。如果不养葱，河套人简直不知道还能干什么。一件忘了说的事：河套人没有性别之分、年龄之分和任何之分，只有养葱和不养葱之分。

不养葱的河套人是极少的，他们总是处于无所事事的状态。所有不养葱的河套人都在无所事事中自我否定，只有一个除外，他的名字叫普。普很少说话，说话总会露出两颗纺锤形的牙齿。你很难描述普的生活状态，他既与会养葱的河套人不一样，也不像那些不会养葱的河套人一样丧气。普身处一个独立的空间里，这个空间大致是一个梯形，普站在中位线上，下底朝前，上底靠后。人们觉得普很虚无，很不存在，但普其实是一个充实的人。

普曾经也养葱，但普会把养好的葱吃掉，这令其他的河套人无法接受，他们大概会认为这是对养葱纯粹性的亵渎。养葱不应该怀抱目的，葱也不能拥有任何被利用的价值，葱只是葱，养葱只是养葱——这其实是很超然的。但普没有这样的超然，普认为葱养好了应该吃，吃葱和养葱是两个行为，是不干扰的。

但人们剥夺了普养葱的权利，普则从此给自己划定了一个梯形，没有其他人能进入这个梯形里。普也不吃葱了，普变得什么也不用吃，他每天都处在那个梯形里，再把梯形处在很多地方。普也不用睡觉——这似乎显得他比养葱的河套人更加超然。这令河套人很没面子，他们于是驱逐了普。

普离开了河套，带着他的梯形走在沙漠里。沙漠里没有葱，可普却突然想吃葱了，也没什么来由，大概是普饿了，毕竟他那么久都没有吃东西。普自己回到了河套，他想偷点别人养的葱吃——这是很不超然的行为。而且葱是有窝的，不是暴露在地里，普找到了一家窝大的葱，他方便进去，可当他进去的时候，葱却进不去他的梯形里。

很矛盾。普觉得自己很存在。

河套人醒了，他们总是一起醒，于是也一起发现了普。他们先是有些气愤，后来又有些释然，因为普似乎不再比他们更加超然，看起来很特别的梯形也成了普的累赘。

哈哈哈哈哈哈哈哈哈哈哈哈哈。河套人大概发出了273声笑。他们笑到106声的时候，普开始努力地走出自己的梯形，他尝试去掉这个空间，却无果。大概笑到200声后，普急得发疯，他疯狂地往葱上扑去。笑声结束的时候，普就饿死了。他没有吃到葱，也没有走出那个梯形。

自此之后，河套人开始吃葱了，吃葱使他们觉得生活变得充实。而原来那些不会养葱的河套人决定坚守不养葱也不吃葱，他们觉得这是一种超然。

6. 多音人之井

如同多音字一样，多音人也是一种不平常而又习以为常的存在。

多音人分布在世界的各个表面，表面和角落是不同的，表面使得人像一个点一样暴露在一个平面上，而角落则通过一个半封闭的空间裹住了人。多音人不应该被裹住，所以他们分布在光照充足的地表。

　　多音人存在于我们之中，我们很少能注意到他们的特别之处，我们从不会在对一个人存有疑惑时想到这是一个多音人，但指出多音字要容易得多。这个世界上的多音字要比多音人多多了。正统的辨别多音人的方式由于很奇怪从而极少被人采用，所以本就为数不多的多音人也因此得以不被从人群中析出。

　　这个很奇怪的方式需要一口井，井需要暴露在空旷的地面上，还需要任何与井相比更能被抽象提炼成一个点的东西，如石头、馒头、积木，甚至可以用毛笔写下一点再把它小心翼翼地沿着边缘撕下，也许会毛糙，但这不影响它的型格。接下来要做的，就是将这个点状物丢入井里。记住，丢它的人要丢得像一个孩子，他最好能趴在井边，视线越过边沿好奇地望着那个点奋不顾身或是半推半就地掉进井里。

　　随后是最重要的步骤——用心去聆听那个点落入井中的声音。如果点在落入井的一瞬间发出了不止一种声音，那么这个把点丢入井里的人，就是一个多音人。这种方式听起来离奇，但确有其事。我就曾用这样的方法识别出一个多音人，她是那样的特别，以至于我认为即使在本就特别的多音人中，她也可以算是特别特别的一个。我至今也忘不了，她的那个点落入井中发出的声音，它至少包含了七层，其中有一句诗，一个叹气，一声咦，一段带有武汉口音的日语，一阵鲤鱼的叫声，一瞬咚唧，还有一场无视了周遭的大笑。

也许同时发出的还有许多声音，但可怜我的耳朵太过笨拙，就那样将它们放走了。这是一件令人懊悔的事。每个多音人被识别出的机会只有一次，那也就意味着，你只有一次听他把点丢进井里的机会，你能听到多少就是多少。但我还是必须要说，在生命中能遇见一个多音人已经是无比幸运的事——可以称得上神迹。与多音人的相处是和其他人不一样的，他们是非常复杂的复调音乐，拥有藏匿在地表之下无穷无尽的宝藏，你可以通过地表之上的那一口井去探寻那些宝藏，丢入的那一点就是最初的一次试探。

我到目前为止也只遇到了这一个多音人，她是否一直存在在我的生命中我是无法告诉你的。我只能告诉你我再没有遇到其他的多音人了。多音字我倒是碰到了许多，我最喜欢的是一：它只有一道笔画，却有三个读音。

一个多音人、一道笔画、一口井、一个点。在这里，它读第几声？

7. 鲤鱼的眼

鲤鱼的两只眼睛各有各的功能：左眼感受饥饿，右眼负责眨眼。

人们常说鱼没有眼皮，这符合大多数情况。但对于鲤鱼而言，这是大谬。鲤鱼不仅有眼皮，而且鲤鱼酷爱眨眼。鲤鱼只眨右眼，鲤鱼每眨一下右眼，岸上就会有人做一件好事。但人们从来看不到鲤鱼眨眼，因为鲤鱼眨眼的速度是飞快的，人眼无法捕捉。当一条鲤鱼死去时，它的眼皮就化了。确切地说，是当一条鲤鱼的眼皮被磨损完时，它就死了。

鲤鱼把一生都奉献给了人间的善。每个日行一善或日行许多善的人，都有一条鲤鱼在水中与他相伴。当然，他一定不知道它的存在，鲤鱼也不在意这个。这样来看，鲤鱼是理想主义者，还是群乐于奉献的家伙。

但鲤鱼也爱剥夺——它们的左眼用来干这个。左眼感受饥饿，实际上就是用来捕猎。被鲤鱼的左眼盯上的东西，都会失去灵魂。鲤鱼捕捉其他生灵的灵魂，它们用灵魂填饱肚子。而没了灵魂的生灵，就总做一些坏事。这些坏事可能并不一定伤害别人，但起码都消耗了别人或自己的生命。当鲤鱼找不到灵魂来充饥时，它会被饿死，无论它的右眼皮是否完好。

所以你瞧，鲤鱼的右眼让人做好事，鲤鱼的左眼让人做坏事。好事与坏事，都是童话里才出现的词。但接下来发生的事，不太像一个童话。人们应该尽量避免去鲤鱼聚集的河流池塘游水，因为你保不齐会被鲤鱼盯上。而一件与此相关概率极小的事就发生在那天下午。

他的名字叫自己。自己和朋友在那条小河边戏水时，朋友的手表落入了水里。河里的一条鲤鱼眨了下右眼，自己便去河水里寻找朋友的手表。自己是个好人，自己的鲤鱼就在那条河里。他们极为难得地碰面了。这是很巧的事。但不巧的是，自己的鲤鱼很饥饿。在自己寻找到朋友的手表时，自己的鲤鱼盯上了自己。用它的左眼。它捉走了自己的灵魂。

手表从自己的手中重新落入了河里。朋友站在河边，他不知道发生了什么，只看见自己僵僵地矗立在河水里，很郑重又很敷衍地站着。

自己的鲤鱼甩着尾巴游走了。它眨起眼睛，自己却不再有任何的反应。水流变得湍急，自己卷进了河水里。他被冲走了。自己的鲤鱼似乎意识到了这一点，因为它的眨眼变得不再有意义。在这一刻，自己的鲤鱼也僵住了。它僵得有一些可笑，僵得不像自己。

后来这条鲤鱼被人捕捉上了岸。人们觉得它僵得可怕，于是不敢吃它。而自己则一直在河上漂。因为他僵硬得太像一根木头，于是没有人发现他是一个人。自己的朋友终生都在那条河里找他的手表，很奇怪，他似乎永远都在即将碰到那块手表的时候错过它。他再也没有离开那条河流。

忘了说：当一条鲤鱼死掉时，它所有捕捉过的灵魂都会逃出它的尸体，去找到它们原先的主人——只要那些主人还未离去。此刻那条僵住的鲤鱼一直躺在一个散发着腥味的渔场里，它看上去奄奄一息，却又没有死去的意思。因为我也不确定，一条僵硬成那样的鲤鱼还有没有死亡的可能，它可能一直这样存在下去，除非有哪个饥饿疯了的人愿意把它吞下肚子。

请你放心，自己和自己的鲤鱼相遇的这种事件发生的概率极小，世界上的童话要远远多过此，而比童话更多的则是在河水里寻找手表的朋友。河水里那只手表的指针还在不停地转着，哈哈，没有灵魂的东西总是质量很好。

8. 耳机

戴耳机的过程在被拆解后，显出了一些不同寻常的味道。

耳机线是一切的起点，将线作为点本就很有意思，何况耳机线缠绕出的三维空间就又将起点变得更为复杂。耳机线的解开构成了一段时空，这一时空较为微观，我们需要用大特写来刨除这一时空外的干扰。手指与耳机线的碰触是对空间的解构，而时间的流逝则带出了状态的变化：期待到焦躁，或是无奈到喜悦——这都有可能，也是必然的过程。生命中也会有一些耳机线没有裹缠起来的时刻，这的确值得庆幸，甚至值得感恩。我不会说由于缺少解开耳机线的部分就将使戴耳机的过程变得空洞或者缺少铺陈，恰恰相反——过程诚然是极其可贵的，但真正直达目的地而省略了过程的机会，实际是对过程的一次升华，过程就从一段时空浓缩成了一个奇点，成了不可见的黑洞，这好像说得有些恐怖，毕竟黑洞常被用作贬义的比喻，但这里应是中性而偏向褒义的。

如果成功渡过了耳机线设置的时空，在下一个重要的分解动作前，有一个极易被忽略的过场。区分耳机的左右是一个微妙的行为，L与R两个字母作为被视而不见的典型总是在很容易看到间与很难找到却最终找到间选择一种可能，而不存在第三种情况，第三种情况不值一提。假使将寻找它们的过程同样放大，会破坏这一过场的微妙感，因为即便有时它们很难被找到，但这一寻找过程的时空应该是不可分的，它不像解开耳机线一样可以带来空间的重组，状态的改变只有结果带来。宇宙里的确有人不区分耳机的左右，但习惯于区分的人一定能听出戴反后的不适，从而调整过来。这是一种有迹可循还是一种习惯使然，暂无定论。

将耳机以一种合适的姿势扣在耳朵上或是进入耳朵里是极其重要的步骤——凡是加在头上的东西，总可以做出仪式感。戴上耳机这一动作宣告了接下来的时空与外界不再相关，我们不用改变画面的构成就能清楚地抛去其他人与物的干扰。它因此正式构成了一段关系——人与耳机，同时斩断了一些联系——人与外界。也正因为此，这一过程虽然看起来不如解开耳机线麻烦，但实际上比之困难得多。耳机线只是解开了实体的一次混乱，而寻找合适的方式则是一次次充满不确定的尝试，这是一种磨合，无定型是这一时空的特点。有的耳机天生夹耳，有的大小不合适，极合适的耳机比没有打结的耳机线更值得人感恩。这里的选择变得多起来：将就、调整，或是直接换一副，也有可能在将就后最终取下，这都是这一阶段中的可能性。这一切都源于人们认为最佳的佩戴方式能维持住即将到来的音乐，于是便执着于寻找，历史并未完全证明这一点的正确，但也从未否定过。

其实可以把插入耳机孔这一动作挪至第二位，但由于其过程的明快与意义的明确，便出现在了此地。将耳机线插入耳机孔作为佩戴耳机这一过程的最后一个步骤，不仅使主体回到了耳机线这一起点，也开启了一层新的意义。

接下来应该是音乐的时空，而耳机则成为一个载体和连接——但这样认识耳机是错误的，是对耳机的误读，它忽略了耳机本身和佩戴耳机过程的重要价值。不论在历史、当下，还是将来，忽视一段时空是最大的过错。插入这一动作，干脆、有力，作为结束再完美不过，但事实却是永远都不会有结束。佩戴耳机起码意味着两件事，摘下与音乐。只戴耳机而不听音乐的人不在这次的讨论范畴，但他们也是可贵的存在。音乐是极其美好的，在音乐到来的时空中，人们很少注意到耳机的存在，这既是幸运也是不幸。

事实是，音乐和耳机都有价值，音乐构成了佩戴耳机过程的华彩片段，使这一过程得以延续，而耳机将音乐圈出了一个时空，在这一时空内，音乐与人构成了一段神圣的关系，应该说，音乐、耳机、人，三者间构成了一段神圣的关系。这一关系的价值在于关系本身，它超越了结果，甚至超越了过程。也就正因为此，它并没有结束，它再次开始，所以它不应该有一个句号

2016.6

大型幼儿园

　　这是一段很模糊的记忆，景深都是浅的，算得上原始。

　　幼儿园本来在江边，后来到海边了，我不经意这一变故，只记得一个"调"字。小时候我以为是"吊"，因而我想，可能有架起重机把幼儿园从地图这头吊起，摆到了那头。人也一样。除了位置的变化，幼儿园的面积也变了很多。可能是吊起来的时候不够小心，不可避免地有了损耗，重新落地的时候，只能变小。也有可能是海水作祟：江是一条，像滋养；海是一片，比较像吞噬。

　　不过我不得不承认一件事：缩水后的幼儿园才是一个幼儿园常见的面积，之前的幼儿园太大了，它应该快赶上我的大学，都是一个中学该有的大小。我知道你们可能会说，这只是感官上的差异，是我的长大引起的。但我能十分肯定地说：对于现在的我而言，在幼儿园里的我是静滞的分布状，而非线性的增长。所以在这段记忆里，时间的维度是模糊的，确切的只有空间，我也只能在这个空间里兜兜转转，或者拿出一张幼儿园的地图指指点点。估计以后，这个空间也会塌缩，我想那样的浓度会变得太大，所以决定用一种稀一些的方式把它兜起来，留下缝隙，也能揉出个大概。

秋昊和高爽是我在幼儿园的好朋友，一次放学后，我在园里的草坪上反复玩着一个滑梯。黄昏的时候，我觉得自己身处一片大草原，没有幼儿园的痕迹。草原的尽头是砖头墙，这种墙后面一般是破旧的平房，我可能看到了平房的顶，也可能是想象。当夕阳已经渐渐发黑时，我看见了高爽，她从没有砖墙的那一面走来，很小的一个人影。

我站在滑梯上，向她招了招手，人影就开始晃动——她往这里跑来。跑到一半的时候，她突然跟趔一下，停住了。大概过了几秒，又开始小跑起来。她跑到滑梯下面的时候，脸上露着不快，她原本长得也不算好看，面露不快的时候就会令我也有些不快。她对我说，她跑步的时候咬到舌头了。我立刻感到同情，咬到舌头是我最讨厌的疼痛之一，还有一种是磕到膝盖内侧。

但高爽接着说，这得怪我，因为我向她招了手，她才会跑步过来，绊到东西。我觉得这个指责虽然唐突，但也不无道理。至少在当时，我接受了这一指责。至于后来，比如现在的我，觉得这一指责可以说是荒谬或者无稽之谈，但我想这都是因为听信了大人的说辞。我忘了我的外公当时是否在场，如果他在场，一定是他告诉了高爽，这一指责是不成立的，也许高爽的奶奶还表示了赞同。但我看到高爽一脸的委屈时，我就觉得，这个指责是合理的。我想，我要对高爽咬到她的舌头负责，毕竟咬到舌头是那么痛苦的一件事，况且高爽虽然不那么好看，但她还是很可爱。她向我和滑梯跑来的时候，一定不会想到会咬到舌头。至于如果我事先知道她跑过来时会咬到舌头，那么我是否还会向她招手，这我不好说，无从得知。

还有值得一说的一点是，我对高爽的记忆中，有一半的她是戴着眼罩的，那种黑色的，用于矫正弱视佩戴在眼镜上的独眼眼罩。所以我们常叫她独眼龙，后来她告诉了老师，我们就不能叫了，偶尔偷偷说。我不确定高爽咬到舌头的那天有没有戴眼罩，每当我想到她指责我时，她就没戴，但当我站到远远的一边，看着这片草地上的滑梯和我俩时，我就觉得她戴了。与此同时，我只有在回忆关于我的画面时，才会有外公存在，他帮我背着书包。涉及高爽，她的奶奶也时隐时现。

我和高爽没有在滑梯处待太久，因为昏已成了暮。往回走时，我才发现草地的边界并不远。草地位于幼儿园的末端，是园口最往里的位置，像一片还未开垦的荒地，留给以后建设。草地外有一幢刚刚建成新楼，被称为五号楼。五号楼是蓝色和白色的外墙，要比我们棕色和绿色的楼新很多。它还很高，有四五层，而我们只有两层。

我们在放学后也常去那里玩，因为五号楼教室里的玩具要高级很多，尤其是一种机械小人，它是由许多方块组成的，有多种颜色。我确凿地知道有这个东西，但我怎么也想不起来它具体的样子。我只能记起来我对它的渴望，那种收集和摆弄它的快感，把一块组件与另一块掰到一起的兴奋。还有它的味道，甚至口感——我记不起它闻起来什么味，但它一定有味道，我从来没有咬过它，却能还原出它像一块压缩饼干的口感——我只能回忆起我想象出的东西，却无法记起实在的。同时我也只能记起我对它的感觉，而无法把它再一次定形。这让我总觉得心里有些发痒，但从来不知道如何挠取。

我和高爽走在幼儿园的主干道上，这条道直通大门，两旁种满了梧桐树。路上，我们看到了秋昊，他在被陈光光欺负。陈光光是个光头，其实应该是很短的圆寸，但因为他叫陈光光，就顺理成章是个光头。陈光光不算是我的好朋友。

秋昊长得很瘦小，纵使陈光光不欺负他，他留给人们的刻板印象也是一个常受欺负的人。我们是在路过水泥地的操场时遇见了他俩。我们的幼儿园里有三个操场，一个布满了游乐设施，令我印象深刻的是垂直悬挂了许多轮胎，很难说是用来钻还是用来踩的。另一处是塑胶地的操场，在五号楼的附近，五号楼里都是一些看起来很新的小孩，穿着很好的羽绒服，头发卷卷的，脸上白白的。最后一个操场就是这个水泥地操场，我总是把它同野生动物园的马戏场混淆。而那天的陈光光就像只狗熊一样，扑在秋昊的身上，秋昊毫无还手之力。

我和高爽立马跑过去，我对陈光光说，不许打秋昊。陈光光放开了秋昊，秋昊就跑到我和高爽的旁边。高爽说，你和我们打。陈光光穿着一件橙色的长袖体恤，很邋遢。他摆出一副防守的姿势，嚷道，三个打一个，不是好汉！这句话给我留下了很深刻印象，它让我在回忆陈光光这个人时，为他蒙上了一层英雄色彩，甚至有些悲剧性。我们没有真动手，陈光光就转身跑了。

我们三个追着陈光光而去，他在往五号楼的方向跑。他拉开五号楼的玻璃门，上了楼梯。我们一直往上跑，最后来到五号楼的天台上，我们还从未来过这里。这个天台有半米左右的围栏，对于小孩子来说，是很危险的。如果有任何一个大人知道了这件事，一定会打骂我们，也一定会指责幼儿园。但这个幼儿园太大了，没有人注意到我们。陈光光回头看到我们，他没有表现出畏惧，而是一副等着我们的样子，他径直走到天台边的一个排风管道口，那是一个挂在五号楼外墙的排风管道，长方形的，没有封口。陈光光指着这个洞口说，你们谁敢从这里滑下去。我们三个面面相觑，这是一个垂直的管道，直接通向地面，如果真的进去，也不该用滑这个字，而是跳。不过我想，如果用伸开双手双脚撑着管道的内壁，是可以防止自由落体的。但我没有做声，高爽和秋昊也没有。陈光光说：我敢！

我们三个依旧没有回应。高爽在我耳边悄悄对我说：不，不行吧。我听出高爽的声音里有一种刚咬了舌头的不适。陈光光把一只脚伸进了管道口。我上前一步，对他说：你会摔死的。陈光光盯着我看了一会儿，随即把整个身子都放进了管道里，接着我们听到"嗞"的一声，他就消失在黑暗里了。我们三个扑到围栏边，齐刷刷地往下探身。过了五秒、十秒、半分钟、一分钟，陈光光始终没有出现。管道里一点动静也没有。我捡起一小块碎砖，丢进管道里，大约过了一两秒，它就从下面的口掉落出来，碎在了地上。秋昊吓哭了，我和高爽也不知所措。我们跑下楼时，有几个教室的灯还亮着，但已经没了人。

我好像想起来了——那个机械小人！也许是现在不断揉捏这段记忆的关系，我突然记起来那个机械小人的具体样貌：那其实是一种阿拉伯数字型的变形玩具——它可以掰成一个数字，也可以变成某种机器人或者载具，还可以相互连接。从 0 到 9 一共十种，颜色不一。

抱歉，是我打了岔。我不该突然讲这些没有用的事儿，当时我的注意力应该始终保持在陈光光身上，即使路过那些教室，也不会想到那些玩具。我们到楼下时，我拉着高爽跑到管道口往里看了看，可是只有一片漆黑。我们大声喊陈光光的名字，没有任何回音。我们都吓坏了。

第二天上学时，陈光光仍没有出现。但老师和同学都没有问起他的去向，我和高爽秋昊也对此保持沉默。后来，陈光光再也没有出现过，至少没有在这个幼儿园里出现，也没有任何一个人提起过他。我们三个对此不敢作声，所以也从没问过别人。不知什么时候起，我觉得连高爽和秋昊都将这件事情忘却了。也不知道是什么时候起，老师开辟了教室里一片新的游戏区——他们把原先集体午睡的区域改成了几个主题游戏区，比如搭积木的，比如模拟菜市场、模拟医院，还有模型区、音乐区，甚至还买了一批新的玩具，其中就包含五号楼的那些变形小人。老师做了一个两层的转盘，一层上写了小组的编号，外面一层则写了各个游戏区，每个小组转到哪个区就在哪儿玩。高爽和秋昊每天都玩得不亦乐乎，但我始终提不起兴致。

原本午睡的区域则搬到了楼上，单独开辟了一个寝室。我对新的寝室也水土不服。我记得那时的被子是白色的，上面印了向日葵和狮子的图案。自从我搬到寝室后，就常做噩梦，醒来后，就是一只狮子盯着我，尽管它很可爱，但是次数多了，就很是诡异。

我总是做重复的梦，其中最常见的一个是我在寝室外的楼道上奔跑，楼道是倾斜的，并且在坍塌，我跑过的木质地板发出吱吱呀呀的声响，当我跑到楼梯口时，倾斜力度太大了，我不得不跑一个急转弯，每次我都会在这个急转弯时醒过来，一身大汗。看见狮子。

另一个梦也出现了好几次，是我从一个餐馆里买了碗面，走在放学回家的路上，周围的沙尘很大，我不小心被一个东西绊倒了，面打翻在地上，从碗里滚出一个乒乓球，一直往前滚，我顺着它的轨迹看去，一幢大楼在沙尘里被发射了，像火箭一样，徐徐升起，并且发出震耳的轰鸣。那幢大楼很宏伟，像一个基地。我分不清这两个梦是和陈光光有关还是和换了寝室有关，但我觉得它必须和二者中的一个有关联。

由于这些噩梦的关系，我对午睡有了抵触。在每天午饭后，我总是不愿上楼，老师起初还会在所有人上去后再单独把我拽上去，后来索性把教室的门锁了，让我单独留在楼下，这令我有了很多自由的时间。我清楚地记得有一次午饭吃的是炸鸡腿，大家分完饭后，盆子里还剩了不少，趁他们午睡时，我就又吃了五六个。

我另一件常做的事是坐在窗子前，把窗子的拉杆当作操纵杆，想象自己在一个驾驶舱里，向对面树丛里的敌人射击。这件事情耗费了我很多的注意力，短暂地麻痹了陈光光对我的困扰。有一天我在射击时注意到一个人影，他在树丛里一晃而过，便消失了。我仔细往他消失的地方张望，才发现树丛后面还有一间房子。令我至今想不通的是，就在当天下午，老师说要带我们去一个我们没去过的益智游戏教室——就是那里。我怀揣着困惑，但我没法和别人分担这种感受，我没法和人说，你知道吗，我今天中午刚刚发现这个教室，下午老师就带我们去了。任何人都不会体会到你的这种感受，与别人提起，只会使你觉得你并不被理解。你也许还会进一步想，他是不是觉得你无聊或者在撒谎，这就会令你更加不快。所以我就是带着这样一种压抑的不快进入了那个教室，可那个教室却丝毫不令人压抑或不快，相反，它非常地明亮、崭新，拥有许多质量很好的玩具。

那里虽然没有变形小人，但是有其他一些我非常喜爱的东西。比如一套模拟做饭的玩具：有一些蔬菜和几把刀，可以用刀把蔬菜切开，再拼回去。更令我喜欢的是一些动物的解剖拼图，例如有一头牛，你可以把它的表层去掉，就可以看到里面的骨骼，而把骨骼的一层去掉，还可以看到内脏。我喜欢这种剖视的感觉。

然而，当我兴奋地解剖这头牛时，我想到了那个排风管。牛的内脏显露出来的时候，我不由自主地联想到了五号楼排风管的剖面图，在那个画面里，我看到了陈光光。陈光光四肢撑着排风管的两边，努力地将自己维持在管道里，既不向上，也不下落。

　　我无法把这个画面从我脑海中抹去，这令我胸口发闷。我拍了拍身边的高爽，问她，陈光光，到底去哪儿了？高爽在玩切蔬菜的玩具，她头也不抬地和我说，奶奶说他转学了。我问她，可那天管子里呢，怎么回事？高爽停了一会儿，说，不知道。我看见秋昊在我对面，他手中一个玩具也没有。离开教室的时候，我回头看到上楼楼梯的底部斜面上，画着一个女孩的大脸，有一平米大，非常兴奋的样子。后来在我上小学的时候，在一本讲古埃及的书里看到了一张一模一样的图画，但变成了一个光头女人。看到那幅插图的时候，我对着它一番亢奋地亲吻，并和大家说：这是我的老婆！坐我前桌的女孩儿嘲笑我：这是个木雕，这个女人一定都变成木乃伊了。

　　这是我能回忆起的最后关于陈光光的痕迹，之后的幼儿园，不知从何时开始，就被吊到了海边，并且缩小了面积。缩水后的幼儿园少了很多梧桐树，从而多出来很多蓝天。在一个新的空间里，我不再回忆起陈光光这个人，我也不再和高爽有频繁的联系，以至于后来我都没有注意到她像她口中的陈光光一样转学了。唯一还在我身旁的人是秋昊，我俩常在一起玩。其中令我印象最深的是某天秋昊病了，他的妈妈在中午来幼儿园接他回家。当时我没有午睡，而在画画。秋昊的妈妈看见我，笑着对我说，你不要老是欺负秋昊啊，他身体不太好。我说，我没有欺负秋昊。他妈妈说，秋昊都和我说了，我知道你们也是好朋友，但你不要欺负他。我瞟了一眼秋昊，他的目光很快躲闪开了。

我就点了点头，接着画画。后来的事，我便不记得了。

在结束这个关于幼儿园的回忆之前，我还有两件事需要提及：一是一个叫高克寒的人。我回忆不起任何有关我和他的故事，只记得有一次放学时我的奶奶和他的奶奶打了招呼。但这个名字却被我记得很清楚，并且在我回忆时不断跳进我的脑海，以至于我不得不把他写出来。我不知道将他放在何处，只能在这里交代一笔。

另一件事是：我刚才在网络上查到了我幼儿园的占地面积，在缩水前，它足足有 260 亩——它比我的中学和大学都大。这足以说明：我的回忆没有出错，我的感官也没有出错，错的是我的理智，我不该觉得它"应该"大不过我的中学或者大学，也不该拿它们比较。所以令我矛盾的是，我不该试图理性地去揉捏整理我的回忆，你一定发现了，这样会使得我的回忆错误百出，留下许多缝隙。这其中的一条缝隙就是：在某个中午，我的老师忘记了锁门，我独自留在教室里，最终按捺不住，跑到了五号楼的天台。我将身体放进了排风管道里，如同我想象的那样，用四肢撑着两边——真的可以在管道里移动。

在我下降了几米的时候，我发现管道并非是垂直的一条，它存在水平的分支。我爬进了那道分支里，发现了陈光光。陈光光坐在里面，看着我说，哈哈，你来了。我就知道你会来。我喘着粗气，说，我们出去吧。他说，好，走！他爬在前面，我俩又回到了垂直的管道里，我低头发现秋昊和高爽在地面的管道口看着我们。陈光光的动作很敏捷，很快就下去了，秋昊见到陈光光，落荒而逃，陈光光紧追了过去。

　　高爽还在地面上等我，她朝我招手，说，快点！快点！我便加快了速度，快到管道口时，我一松手，跳到了地面上。在我落地的时候，我感到一阵剧痛，叫了出来。高爽问我，你怎么了？我说，我咬到舌头了。

2017.5

迭代之行（一）

八月二十日

机场

面前的桌子在震动，我发现了。不太明显，要紧紧贴住才能感觉到。

它的震动是持续的，微弱的同时宣告一种密集的紧张状态，与这座庞大且透明的机场形成鲜明的对照关系。我将手搭在相邻的桌面上，确定这是这里唯一震动的桌子。

这张桌子位于航站楼一端的咖啡店里，咖啡店曝露于道路中央，如同一座河口上的冲积岛。这一排的登机口人迹罕至，大多是飞往一些角落地带的航班，一座巨大雕塑的衣褶广场，崇拜反光的焦土之城，或者依靠多重岔路通往的海湾。

我想是否也理应存在一个所有桌子都在震动的地方，它们只为了它们自身震动，而非从底部开始，动机昭然若揭。我俯身研究面前桌子的底座与地面间的缝隙，能看到一些复杂的电路结构和金属器皿，但以我浅薄的物理知识显然无法参透它们的原理所在。我只能猜想在这层地面之下存在一个更为宏伟的秘密空间，这是所有向往神秘的人都时常做出的假设：内部、隐藏、复杂和壮观。无数老旧的幻想从头脑里溢出，它们所带来的快感仍是新鲜的，由于数十年来它们从来没有被实现过，所以仍滞留在边界而未被捅破。

两百米外的沙丘被圈养起来，用鼓风机改变形状，供儿童玩耍。它提示所有经过那里的人，这座机场是无所不能的，它意图友好地驯服大家。我想起小区草坪的看护者王伯，用浇水枪阻止童年的我们涉足他的草地——退去咳！——他总是穿着蓝色大褂，从来无法真正吓退我们，但永远激烈。他的去世，他的平房被拆除，我不记得两件事情的先后。从玩伴生病的一个上午，我开始常去草坪里独处，并决定不喜欢那样。我穿着一件黑色夹克衫，王伯的平房像宫殿。

秃顶的男人以翅膀作为毯子叠盖在他的胸腹上，在35号登机口前的躺椅上熟睡。他双脚顶着一双棕色皮鞋，摇摇欲坠。我认出了他，早些年有过一则报道：一名拥有巨大翅膀的男子频繁出现在各个机场，他既不打扰客机飞行，也不展示自己的本领，只是频繁且毫无目的地乘坐飞机，从来不出机场半步。当时电视里的他还有一头卷发，如今早已凋零。我曾同朋友揣测过他的动机，朋友坚持认为这是一场手段低劣的行为艺术：一个长有翅膀的人执着于利用飞机飞行，不过是在营造肤浅的冲突感罢了。我则执着于搞清楚他的翅膀究竟从何而来，很长一段时间里，我都无法相信那是天生的结果（新闻中是这么说的），而只是某种制作逼真的道具而已。

但目下他距离我只有十来米远，我眯起眼睛，仍无法从理性上判断它们的真伪。不过，那对翅膀委实就像男人脱发的头顶一样，与他的睡姿处于同一种精疲力竭的状态里，我可以确信这是一种基于生理构造的同一性。我检查了一下我的登机牌，如果男人一会儿要从35号登机口登机，那么我们将会乘坐同一次航班前往那个目的地。

老发从厕所出来。我一看表，已等了他有二十分钟。他告诉我他有点拉稀。我说，这桌子会震，就这一个。

老发用手贴了一会儿桌面，又在我旁边一张坐下。他挪动几下，像在调频收音机，找到一个合适的位置。

这张也震。他说。

我不太相信，他起身让我坐下。

你把脚搁底座上。老发说。我照做了，果然感受到震动。

怎么回事？

底下有啥东西吧。老发低头转了下皮带。快十二点了。走吧，走吧。

我有些不舍地起身，没和他说长翅膀男人的事儿，我想他自己就会发现。

八月二十一日

机舱

李提始终无法适应在交通工具上入眠，而大多数人都熟睡了，包括老发。似乎乘坐交通工具天生就与抓住机会休息联系在一起，毕竟旅途的大部分过程都是完全无法掌控的，只能被动地观赏流逝，这无疑使人乏味。李提则认为这种时间与地点双重的快速流逝令这两层标准都变得不再牢靠，也包括窗外的事物——这是他在一次列车聚餐后同我说的，李提清醒的时候我也总是没有睡着——唯一可以把握的只有交通工具里与自己发生联系的东西，这一空间变得格外独立，乃至失真。想到这一点他便无法说服自己沉睡过去，那就好像放弃了最后一份主动权，松开唯一的标尺，向强大的离心力投降，将自己甩了出去。

这当然是李提的一家之言，我虽然基本接受，但还是觉得座椅的舒适程度是决定性要素，交通工具根本就是不适合入睡的。此时乘务人员减少了相当部分，我决定去四下走走，幸运的是坐在过道边的位子，出去时不必打搅到其他人。

飞机并不大，我在一个靠窗的位子上发现了拥有翅膀的秃顶男人。他盯着面前椅背上的屏幕，比睡着的人更为平静，致使我觉得盯这个字都显得有些过于用力。他目光的那一端几乎是垂挂在屏幕上的，牵扯着这一端略微干瘪的头颅。

我调整了一个角度，以便能看清屏幕上的内容。男人并不在看任何一部电影，而是点开了机身摄像头的画面——这架飞机拥有三台摄像机，分别位于机头、尾翼和机身下方。他选择的是第三个视角，一个平行于地面的完全鸟瞰。然而此时是确凿的夜晚，还有云层阻挡视线，屏幕上只有一片漆黑，别无他物。他并没有发现我的存在，也或许是很快就默认了这一事实，毕竟他早已习惯被围观。我与他共同盯着这块屏幕，不断闪动的噪点和偶然细微的亮度变化使我确信画面仍在继续着。我想象白天时摄像机捕捉的画面，突然想把李提叫过来，与他分享这一感受——这是一种非同寻常的视角，它不同于透过舷窗窥探外部的任何角度，而是变成飞机的腹部并佐证它的轨迹——换而言之，屏幕将无所事事的我们与这架交通工具勾连了起来，赏赐给我们一些虚假的主动权，如果我们也似乎在飞行，如果我们就是飞行的实施者，那也就不存在被动地接受流逝的时空这种说法了，尽管这是我们的错觉，但它仍拥有蓬勃的引力。

　　有人轻拍我的肩，第三下时我回过头。

　　一个阿拉伯面孔的男人，他示意我让他过去。我侧过身子，男人经过时朝我笑了笑，门牙失去了一半。

　　厕所的指示灯由绿变红，整个机舱又变得静止起来，秃顶男人面前屏幕上的噪点撑起了我的余光。我回头隐约瞥见李提，他拿着一本书，老发的脑袋随时就要砸中它的样子。

　　有一篇写的是两个到开罗的外国游客，在集市里遇到一位自称是司机兼向导的人。他先是询问他们是否需要用车，一番协商后三人约定一小时后在广场见面。可是刚过五分钟自称司机的人便回来了，他说今天的行程可以免费，因为他的小女儿后天结婚，他想买一些洋酒，但自己不能买进口酒，需要他们的帮助。两人同意了，司机发给他们一张自己的全家福，请游客相信他是好人。他们随后商量起第二天的包车计划，后又提到去下一个城市的车票似乎来不及订了，于是司机先载他们去买了机票，之后就去买酒。两人到了才知道，原来是免税店。由于他们刚到这个国家第二天，所以可以用护照买到六瓶酒。两人进了店里，A 不满 21 岁，B 刚满 21 岁，于是用 B 的护照买了酒，并在 B 的护照上写了些什么。临走时，司机与工作人员争执了几句，但由于用的是当地语言，所以 A 和 B 完全听不懂，只感觉是店员在指责司机。后来司机还是拿到了酒，高兴地送两个游客回旅馆。一路上司机都在放一首歌，并用喇叭声打节奏，他告诉 A 和 B 这首歌是他的朋友，没有乘客的时候只有歌陪他。他又指指车里的各个角落，有的夹着钱，有的放着名片，他说这就是他的办公室，他的公司云云，A 和 B 哈哈大笑。司机说，给你们开开空调，说完摇下了车窗，风立刻涌进来，三人又哈哈大笑。司机建议明天两人把行李放在他的车上，以免参观结束又要回旅馆，耽误了飞机。两人不置可否。临要到了，司机收了二百的订金，最后三人愉快地分开。

司机叫什么？我问。

这重要吗？YaHia！，一定要带上叹号。李提说。

后来呢。

后来他们回到旅馆，和旅馆老板说了这事儿。老板看了看B的护照，告诉他们这个司机有些可疑，做的是非法生意。他利用A和B买了进口酒，在黑市可以卖十倍的价，大赚一笔。好在他俩不会立刻离开埃及，否则就无法解释酒的去向。至于第二天的包车计划，不太好说，但老板建议他们不要轻信这个司机，老板自己可以给他们介绍一个可靠的向导。B于是让A联系司机说第二天不用来了，但A显得不太乐意，他有些莫名同情那个司机。B指责A是泛滥的同情心和优越感，但A仍下不了决心，他觉得买酒和包车是两码事，司机不一定是坏人。两人争论了许久，最后A还是给司机发了消息，可司机迟迟没有回复，过了一会儿，故事就结束了。

过了一会儿是什么意思。

书里说的是B先睡觉了，A等了一小时后，也睡着了。

哦。我点了两下头，不太清楚李提给我讲这个故事的目的。似乎有些无聊。也许是他的讲述过于粗糙，把书里真正重要的部分略去了，也或许这就是他临时杜撰的一个故事，他总是这么干，他手上这本书被他包了一层封皮，谁知道里面的内容究竟是什么。李提见我不做评论，就合上书开始看电影。

过道那头，厕所的指示灯仍然是红的。李提的这个故事讲了不短的时间，但阿拉伯人还没有出来。也可能已经是另一个人，而我并无意等待这个结果。我想到了长翅膀的男人，想起他面前的屏幕，我还没有和李提分享我的感受，但此刻我不想打扰他。于是我只好试着揣摩那个男人的动机，他大概没有我想得那样复杂，那么摄像机的画面对他有什么意义，他在每架飞机上都是这样吗。这样的思绪竟令我有些泛起困意，我不知道我是什么时候睡着的，当我醒来时，李提仍在看着电影。

路边

我们在一片烧过的田地里降落，鞋底刚接触到地面时有两秒轻微的沸腾，雾气（或者是说蒸气，不好分辨）行走在齐肩的高度。天空很低，云盖在头顶，老发踩到露出地表的半个电话，说罪过罪过。

乘客往各自的方向散去，我特别留意了长翅膀的男人的去向，不出意外，他往田地的尽头走去——那里有一座砖房，砖房的后面是另一架小飞机。

不远处的玉米地里涌出许多孩子，他们附着在每一丛旅人身旁，不由分说地给我们引路。其实不论往哪里走，我们最终都会来到这座城市的中心，这便是这里的神奇之处。给我们引路的小孩将我们领到一条水泥路旁，向我们咧开嘴，是要小费的意思。我突然想起来那个去上厕所的阿拉伯人，下意识地回头找他，当然已经不见踪影了。

路的对面是吵闹拥挤的街巷，它们像是从更远的地方不停地繁殖蔓延，直到被突然地切割，紧急地停在了这条路的那头。你可以感到这种刻意撤去过渡痕迹的突兀和紧张，伴随着一种齐刷刷的中断感，这使我不自主地往身后

的田地看了一眼 —— 它们喝止了它们，而此刻被喝止的是我们。那些墙壁上的斑驳覆盖在大面积的粉饰之上，透露出不肯罢休地争夺话语的刁蛮之力，如果在夜里那便是透着凉意的剥落之声。而目下它冲在（也最先刹住车）街巷的前面，稀释了大部分的喧闹，让我想起过往某个基地大院的梧桐。最大的那棵梧桐被削去一半后，它的树干就是这种模样，唯一不同的是它的身后非常安静，从而也就没有此刻来得更具浮感。幼儿园的窦老师也深爱梧桐树，在我没有午睡的一天，她告诉我她来到这里就是为了满园的梧桐，那之后不久，她就不再出现，我于是将墙壁上的斑驳想象成她的样子，吵闹声就逐渐变得比午睡时更远。

老发说他刚才在飞机上做了一个梦，梦见了故乡的粉。他在广场上坐在课桌前吃粉，刚开始是清晨，吃完时就已经是傍晚。天气都很凉，但不冻，他低头看看，穿着秋季校服。那碗粉里的牛肉特别多，怎么也吃不完，梦里老发就哭了，不好说是虚脱还是动容，只带着情绪醒来。

睡醒时眼屎特别多，不知道是不是真的哭过。老发说。

我看你是饿了，咱们要不先吃点。李提提议，老发点头。但我知道老发在怀念初中。初中时我们总翻墙，十一月周四的下午，少年老发突然停在墙上面，像一座盐塑的雕像，停滞而易于击溃。他说他爷爷的胰脏要坏了，我催他许久，他跳回了学校里，不再逃学。此后在走或不走的问题上，我习惯于跟随老发的决定。

得走了。

没有任何符号提示过马路的位置与时机，不时有几辆车子很快地开过，总要在车顶驮一些东西，继承的是人的习惯 —— 慢一些的就是那些头顶东西的女人，偶尔停下不动的是空马车。之后我们逐渐发现，这个城市的交通没有规则可言。李提走在前面，脚成了外八。他招招手说，到一个文明了。

店铺

在打包了食物后，我们被领到一家下沉半米的店里。几分钟前，一位穿长袍的当地人热情地帮我们翻译菜单，随后邀请我们到他街角的"business"里坐坐。李提说他不过是想让我们买他的东西罢了，但老发觉得看看无妨，我也带着好奇。

这是大象踩出的一块凹陷。整个店铺就搭在这块凹陷里，以这个凹陷的面积来看，大象至少有四十米高。它也许是发了怒才在这里踩了一脚，也或许是发了情。老板说：这座城市里的大象脚印并不多，我的先辈有幸占到了一处。这是被祝福的地方，我们看中陷入，看中大象由于失控而创造出的疤口。人也该尝尝失控的美味，腥而上瘾。你们身上驮着东西，总想着掌控自己的周遭，这样活得太浅，反倒不如沉溺。我能从你们身上看到你们的清醒，你们应该去我的家乡看看，那里只有流淌着的人。而你们都杵在步伐上，把步伐戳进时间里，时间向前轰赶着涌向扮演。你们被一种倾斜的定律感统治着，永远置身事外，抽开来看自己，以聪明过活，哄骗崇拜者。你们来到这里是为了什么，那必然不是简单的旅行 —— 你们身上的使命感那么的强，好像是对自己的无比看重，我见多了！一眼就能看出。放弃好了，你们终会被这样的庞大不安所反噬，除非你们永不停歇地赶往下一个地方，只存在于瞬间的点与点之间，把停滞彻底抛去，让自己成为真正云端的人。这又谈何容易呢？岛屿总是会有妄想的。

向上，或者向下。我拥有两种精油，都不太贵，甚至可以告诉你们配方，因为你们不可能得到原料。在我家乡的西山林里，你们必须一丝不挂才能潜入那片沼泽里采集。它们当然还可以定制，如果你们愿意把你们交给我的话。

我与老发没有作声。

谢谢，我们明天再来。李提说。

八月二十二日

仓库

博物馆被勉强搁在城市的中心一侧，当年的规划者很不情愿地在地图上画下一个方框，疑似是对看重历史的那些人的一种妥协。

从外部来看，这种勉强来自它与周遭形成的不协调，像是一个出了纰漏的圆，在收尾的时候瘪进去的部分。所有来这里参观的人们几乎都是猛一抬头后就发现了它，但总要环顾再三才能最终确认这是他们的目的地。

步入其中，你能轻易地看见它廉价的顶部，可以立即听见雨水击打在其上时的危机感。其余的结构貌似也一览无遗，或者说，没有可以更为复杂的余地存在。庞大的或是细碎的展品都被露天摆放在各处，似乎保留着刚被搬进来的样子。从第一眼来看，这座博物馆的确像一个仓促而陈旧的老人，空旷处的回声就是他的咳嗽。

简直是一个仓库。马大站在自己想象的中轴线上，背着手发出感叹。老发和我交换了一个眼神，我们都听出了马大的失望，而我们也都明白他会立刻再次感到新鲜。

李提上前一步，拍拍马大的肩。往里走吧。

我们于是很快被这座博物馆的真相所吸引——它远远不像看上去那样单薄，事实上，如果仅仅从肉眼可见的空间层面来看，它确实只是一座堆满文物的大型仓库而已。但实际上，它拥有三层空间，这三层空间并非以简单的三维形式组合在一起，而是共同嵌套在同一个物理空间下，这座博物馆是三重时空在同一片区域的相叠总和。从现实的观测与体验方式来说，这座博物馆如同一个拥有三周目的游戏，只有当你完成了全部旅程后重新来过时才能再次进入一个全新的维度。那些最为人称道的著名文物——雕塑、棺椁、河流的化石、动物身上的碑文——其实都只是这座博物馆最为浅薄的表层罢了。它们是这座古老城市中最触手可及的历史，只不过被集中堆积在一起，彼此间营造出一个更为浓烈的场。由于它们看起来如此遥远，这种大跨度的真空便勾引起了人们的陌生感，他们本能地将崇高与厚重赋予了这些物件，而这也是种种文物的笨拙所在。大部分所谓看重历史的人坚信，这些文物是最为珍贵的时间烙印，能将他们与千万年前的某一个点牵扯起来，他们享受这种宏伟尺度下的连接感，享受自己被潮水淹没又立于浪头，尽管他们并不清楚任何更为确凿生动的细节。

绝人多数的游客都止步在这一层，在博物馆里兜兜转转了一圈之后结束他们的发现之旅。好奇的马大则带领我们来到一处鲜有人至的展厅，这座展厅位于出口的一侧，像是一处多余的犄角，对于习惯了对称和规则的游客来说几乎注定被忽略。在它的深处有一段被切割后搬运而来的墓道，我们进入其中，穿行而过，从另一端出来时就回到了博物馆的入口。

这一次博物馆里几乎没有了其他游客（不排除有个别在我们没有看到的地方），只有在大厅中央坐着一位保安，他穿着制服靠在一把塑料椅上，怀揣一只鹦鹉。他（后来我们明白，他就是守界人）微笑，向我们点点头，示意认可。

展品依旧随意摆放在各个展厅甚至是过道里，这正是第二层博物馆所存在的根据之一。当你驻足在任何一件展品前，它便不再是你所观摩的唯一对象。因为忽然间你就会置身于人群当中 —— 他们是上一层博物馆所投下的时间影像 —— 是自博物馆落成以来所有曾经驻足于这件展品的人们。他们以不同的方式与眼前的它进行着交流，你作为这一切的见证者，看到他们停下脚步，伸手触碰，或者仔细地研究每条纹理，阅读简介，抑或表示不屑和不解。他们堆叠在一起，赋予展品一种充实而生动的尊严。而他们的行为本身又构筑起了一座崭新而延绵的博物馆。

　　一个背着布袋的老妇人停在·座巨大的棺椁前，周围的人群流动，她却始终静止。可以听见她发出一个复杂的音，棺盖便轻轻震动一下。而只有靠近才能发现她在哭泣。还有两个学生对古河水中打捞出的冰块进行临摹，当其中一个擦掉几笔，另一个的就会溶化一部分，水滴在地上，一个奔跑的男孩便不慎滑倒。在一块石碑下，导游试图解释一张牦牛皮是如何嵌入石头并保存至今的。如果仔细看，牦牛皮在石碑上起伏，它有时渗透其中有时浮出表面，二者被称为"音韵的和谐"。一段碑文将两种材质串联起来，讲述的是一位贵族腹部与手臂上胎记的变化。人群里一个女孩对她的朋友说，她的手臂上也有一块相同的胎记。

　　我在一幅壁画前看到了窦老师，她和我记忆中的年龄差不多大。窦老师拿着当年最新款的数码相机朝着壁画拍照，随后融进了一个旅行团里。我想，这也许就发生在她离开幼儿园后的不久，某次退休后的旅行。我不知道该如何处理这一次相遇，处理是一个冷静的用语，而事实上我已经陷入了由双臂蔓延至颈后的战栗之中。窦老师的旅行团离开了壁画前，我便不再能看到他们。幼儿园时我极其讨厌午睡，管生活的潘老师总是批评我，但窦老师却常和我聊天，或者以各种事由让我不用睡觉，比如画画或者整理玩具。我突然想起我是否和我的父母曾在超市的停车场碰见过一次窦老师并邀请她来家里坐坐，那似乎是我上小学后的事情。但我很难确定这段记忆的真伪，它实在太像捏造的，画面上是劣质的洗印痕迹，成了一个谜。

我再次与其他三人相遇时，发现马大极其兴奋，而老发则闷闷不乐。李提告诉我们他看到了那个长翅膀的男人，确切地说，那个男人还没有翅膀，但他能确定绝对是同一个人。我试图从看见窦老师的情绪中释放出来，便提议再次穿过那个墓道。

第三层的博物馆空空如也，原先的每个展品都只剩下了一个轮廓，连保安也不复存在。我们已经了解到它的秉性：只有当你决定注视它时，才会有事物显容。

在每一个展品的轮廓中，都是这片区域的全部历史，这一片片区域就是原先展品所占的空间，从它首次被人涉足开始，在这片地表之上所发生的一切都展现在你的眼前。摆放方尖碑的地方曾经奔袭而过一只犀牛，尾随一群拿着火把的人；竖起一面我们从未见过的旗帜；成为一座庭院的贮藏青蛙标本的角落；还有一个行人突然跪拜在地，向一个我们看不见的对象叩首。透过黄金面具的轮廓可以看见两双情人的脚背，一个断开的锄头被几个孩子捡去；看见一张餐桌的一角，父亲和孩子享用同一盘馕饼；那里还曾经是一片池水，映出千百张脸来。它们所有的终点都是被这座博物馆所囊括，接下来的事情，便是第二层博物馆的景象。

我们意识到，这三层博物馆接力塑造了这个空间里（严谨地说是存放展品的空间）所有曾经存在的历史，它的一切与人相关的过去和即将成为现在的将来。这些血管里的细小历史把整块的真空都填满并打通。我们几个像是在游离间窥探记忆，抽身的同时追逐，它们清晰而迅速地占据我们的大脑，马大头一个感到自己的前额滚烫，有些发蒙。

我们最后一次从墓道穿行而出，迎接我们的是一片刺眼烈日下的人肉气味——不甚好闻，但仍弥漫着争先生长的亲切气息，并拥有一种席卷一切的幼稚情绪，在横冲直撞时又迎来了一个趔趄。

口子

出租车司机将裹在计价器后的毛线慢慢抽出来，同时欢迎我们来到这座城市，此后他就不再说话，而为我们开启空调。这座城市以它的吵闹和炎热闻名，摇起的车窗暂时隔绝了这些属性。窗外静音播放的人流让我想起来博物馆中的许多人偶，不同之处在于人偶的定格带来了一种坚定的方向感，他们总是盯着远处的某个地方或者面前的某个人，已经做出了行走或者站住的决定。但眼前的行人永远无法判断他们的走向，他们总是突然地转向或是停止，留下很快消失的模糊残影，有时会有几副面孔与你对峙，他们预备张嘴，但也无从判断是问好还是呵斥。尝试用力盯着一个地方，能隐约瞧见人们背后扬起鼻子的大象，它们分布得刚好，缓缓挤过人群，抵达一些过于安分的节点，制造一些冲撞和避让。我悄悄（不愿让司机发现我浪费他的冷气）做了一个实验：把车窗摇开一道缝，大象就很快消失了。一簇热气溢进车里，还残留着人群熙攘的余音，在晕开前的一瞬间它是滚烫的，接着是"嗡"的一声，热带果的气味就变得松散。

司机将我们放在哈利利集市的东广场，但我们要去的是马路对面。路中央的隔离带上有一道铁丝网，马大说最近的路口要往前走十分钟。鞋子有些打脚，我磨破了皮，不太愿意走路。身后是天桥桥墩的残骸，钢筋从水泥中穿出，在对面也有一座。李提发出抱怨，我则想起黄浦江的轮渡，一枚蓝色的塑料圆票，倾斜的航线。某个阴天我第一次乘坐它，进入江风的腹地。在疲劳时容易投身一种由众多与现状差距甚远的符号情境构成的画面，富有细节却又模糊，因为是人为的截取和放大行为，在现实的流动中难以捕捉。

老发指了指斜前方不远的隔离带，人聚成一个半圆。马大盯了一会儿，告诉我们那里是一道缺口，人们正排队钻过去。仿佛是一个刷新点，每通过几个人，就会冒出些新的，说不清来由，总像在提示你前往。对面的清真寺在这时发出一整个清真寺形状的吟诵，途中没有经历衰减，以一种宽弛沉缓的节奏定时重塑这里的氛围。老发突然说，一定要赶快过去。

缺口很窄，女人们都在小心地牵扯自己的衣裙。在我和老发的家旁（我们是邻居）也有一处铁丝网上的缺口，穿过缺口是一条两栋楼间的缝隙，之后是一条商业街，有许多馆子，转角处是花鸟市场，穿过花鸟市场是曲阳图书馆。老发的爷爷每天早晨都穿过这条近道去给老发买粉，加五块钱的牛肉作早点。粉极细，要一排一排地吃。老发的爷爷在我们念初中时走了，老发于是每天自己买粉。后来某天来了两个工人，铁丝网上的缺口被补上。老发就不买粉了，他说路太远。但他依旧常和我绕路去曲阳图书馆，直到我们上大学后，曲阳图书馆也被拆了，"轰"的一声倒下，我在外地，老发在现场。老发说他习惯的东西总会以某种方式被抹去，他频率极高地翻看儿时的日记，因为是用铅笔写的，令他十分担心。

我看出了老发此刻的忧虑——他已经发福不少，很难挤过这道缺口。马大和李提先钻了过去，我看了一眼老发，他示意我先。清真寺的吟诵仍在继续，我们三个等待着一网之隔的老发。他把衣服扎进裤子，又把帽子摘下递给了我，收紧肚子，挤进了缺口。三个当地女孩等在老发的后面，我朝她们尴尬地笑了笑，她们回以牙齿。老发被卡在铁丝网中间，每动一下都会被扎到，清真寺的吟诵在这时停止了，人群与交通的声音又占据了上风，像是周遭环境对老发的放弃。李提准备拉老发一把，但被他制止。老发屏了一口气，最终用力地钻了出来。我上前一步扶住他，他的额头和左臂划了两道小口子，身后的铁丝网来回晃个不停，我瞥见它又被扯开了一格。

教堂

清真寺的不远处是一座悬空教堂——它的名字并不准确——实际上教堂并不在空中，而是与它的底座被切割开，又紧密地贴合，据说是两个绝对光滑的平面。教堂的上身被固定住，但踩上去仍能感到轻微的滑动。

马大从踩上的第一脚就迷恋上这种感觉，用他的话说：超越失重、像鸭血。

于是我们在那里待了许久，直至突然的日落，猫终于折返回马赛克壁画里，所有的导游登上同一辆巴士。我们重新踏上真实的地面，感到一种疤痕般的紧绷，似乎要防止我们再次逃逸。

老发跺跺脚。我确信他还说了一些话，但我没有听清。我扯扯耳朵企图适应，整座城市便又织起了满满的颗粒。

2017.9

军舰停歇在岸

这件事发生得太明显了，不得不提。

村子里来了一艘军舰，蓝绿色，不偏不倚地停靠在渡口。它被卡得刚刚好，船舷所在直线的每一点，都距离渡口的边缘零点五米。从吃水深度看，它应该戳进了河床底，所以稳当。

人类鲜有这种自信，总把这样的事情归于天。我的舅公不这么觉得，他在随人群围观的第一时间就发表了看法："它就歇一会儿，它就歇一会儿。"舅公轻轻念叨这句话，像是见过很多次，也像是一个牧羊人解散了他的羊群，抚摸着他的牧羊犬。

舅公是村子里唯一读过大学的人，他说的话总有人听，但这一回，舅公的话没有触动任何人。大家都在盯着，似乎目光越是汇聚、越是维持，就越能引发某种意外。人们总是期待在一个大意外身上发生更多的意外，如果一个大意外毫无进展，人们就会把它遗忘，缩水成某个固定短语，钉在一个标识牌上。

于是第二天一早，舅公带着他的卷尺到了渡口，他要求登船测量。村长突破人群赶到舅公面前，拉住了他的手，"不能啊，谁知道船上有什么？"舅公盯着村长的眼睛，读出了两件事。一是村长有飞蚊症，他的视线总在跟踪中溃散，令人心烦。二是村长根本不是担心他的安全，而只是为了自己的那么点癖好，保持军舰的完美状态：那种不差毫厘的零点五米和牢不可破的垂直。就像村长的山羊胡子，僵硬的一个倒三角，从不因为嘴巴的张合与颤音而受到牵连，和鸡头一样稳固，令人忍不住想把它揪下来聆听他的哀嚎。

舅公甩开村长的手往船走，我能感到他的松，而周围的人都是紧的，这种紧在他们割麦子的时候也能感受到，紧的人都喜欢质数，他们三五成群站在一起，维系着凝固。舅公从渡口往船上一跃，扒在了船沿上。村长的山羊胡子一颤，而军舰没有动。舅公翻上了甲板，动作平整光滑。

"都回去吧！"舅公朝岸上喊，说完，便从甲板上下去了。

人群并未散去，但稀松了些。只有我听从舅公的话，往村里走。

整个村子都空了，留下的都是立面和缺口，像走在一个方块字里，走久了就陌生。我盯着李灯家的外墙，他家的外墙是哑的，敲上去没有声音。小时候李灯这么告诉我，还让我不要告诉别人，那天下午，我们蹲在他家外墙，守候一个蚂蚁洞，蚂蚁源源不断地涌出来，围在一块被丢弃的猪肋骨旁。蚁群形成了一个整体，证据是，李灯拨弄了一下猪肋骨，蚁群也随之有一个波动，这种波动并非一种配合，而是一种系统：每个蚂蚁都只负责作为一个单元，履行并传递一个信号。李灯把猪肋骨捡起来扔了，蚁群很快松散下来。

我对李灯说："它们肯定很奇怪。"

李灯说："不存在，蚂蚁对什么都很习惯。"

我很想问李灯他是怎么知道的，但李灯抢先说："我不太舒服，回家了。"我知道李灯是想回避我的质疑，不舒服的人不会来看蚂蚁。李灯走后，蚂蚁都回了洞里，我就走了。

那个蚂蚁洞已经不见了，我把耳朵贴到李灯家的墙上，用右手轻轻敲了两下。的确没有声音，它比村子还安静。

三天过后，是下个月了。舅公从军舰下到了岸上，带回来一打图纸，把军舰完完全全地拓印了上去。所有的结构与尺寸，都被卷尺梳理了一遍。舅公把图纸摊开，抖了抖，做出一个宣布的姿势。

"都在这里了。"

"里面什么都没有，就是光溜溜的一艘船。"

人群瓜分了几张图纸，我问舅公他大学学的是什么。舅公说："叫灌溉。"

人群向舅公提问："船为什么来？"

舅公摇了摇脑袋说："它就歇一歇，就歇一会儿。"

说完，便牵着我走了。舅公领我到了李灯家的外墙，和我说这里原来有个蚂蚁洞。我说我知道，我和李灯在这儿看过蚂蚁。

舅公并不惊讶，点了点头。他又敲了敲李灯家的外墙，说："你听。"我说："是哑的，我也知道。"舅公说："那就没事了。"

我说："对，它们都歇了一会儿。"舅公听罢哈哈大笑，没说话，表达出满意。而我内心很羞愧，我根本不明白什么是歇一歇，但我感觉这是舅公想要的答案。舅公点了点头，说："回去吧。"这让我更难受了。

人群陆续回到了村子，他们把图纸分得很匀，舅公做事总是这么周全。我后来想，也许因为他懂得灌溉。

军舰一直停靠在岸边，村里不得不造了一个新的渡口。九月，李灯从外地打工回来，他问我："渡口那儿怎么有艘船。"我说："是艘军舰，很久了。"李灯很诧异，他没响，空气里的噪点在变大。

我觉得应该由舅公和他解释，或者给他看看图纸。但舅公病了。

我看见李灯手里的塑料袋，里面是一大坨黑乎乎的东西。我问他那是什么。他说："是个蚂蚁巢。"头仍然偏向渡口的方向。这时我才注意到塑料袋里有黑点在爬。我说："你打算把它放回墙角去？"李灯点了点头。我说："你从哪儿带回来的蚂蚁，它们可能会水土不服。"李灯摇摇头："不存在，蚂蚁对什么都很习惯。"

"你是怎么知道的？"我问。

李灯瞟了一眼我，我觉得他识破了我，识破我很多年前就想问他这句话。我有些后悔。

但他仍没有回答我，李灯说："你去船里看过吗？"

我摇摇头。

"为什么不去？"

"我舅公去了，他画了图纸，里面什么也没有。"

"我们把蚂蚁窝放回去，然后就去船里。"

我找不出反驳李灯的理由，他总是不和人商量。他把猪肋骨丢掉时，也没和我商量过。天空飞过一只鸟，是种隼，我盯着它，李灯已经把蚂蚁窝安置好了。蚂蚁窝在土壤里显得潮湿，但潮湿感缝合了它和原有土地的缝隙，蚂蚁已经习惯了。

后来，我舅公去世前，我去看了他。我和他说："那个蚂蚁窝又回来了。"他皱了皱眉，最后说："也好。"

李灯和我上了军舰，军舰上唯一在动的是舰头的旗帜。旗帜在风里显得很不自由，折腾不停，但风显然只是路过，没想过引发什么。我们往甲板下去，那里空空荡荡，覆盖了一层十厘米厚的土壤。舅公的图纸是捏造的。从船壁的洞渗进来的水通过隐约存在的沟渠灌溉到每一寸土壤，但没有作物。我知道了这是舅公干的。我感到李灯很兴奋，他很松，就像土壤刚被翻新。

我觉得我有个好主意，于是提议说："我们把蚂蚁窝挪过来吧。"

我以为李灯会高兴，但他摆了摆手。"不了，它们刚来，该歇一歇。"

2017.5

此故事由恒发士多讲述

1

在多年以后到来之前，同时也是很久以前的很久之后，我回到曲阳路图书馆。恒发士多的招牌消失了一半，留出的地方是胡乱的黄色，空空如也的冰柜把我牵引跨过门槛。我问老板娘："没有水了？"老板娘说："没有水了。"这四个字瞬间令我的羊群四散而去，心里感到一阵稀疏。

而发现恒发士多是在进入图书馆之后的事，他坐在我的对面。我一眼就认出了他，原因是他手里拿着我保留的那只矿泉水瓶。我说："我以为你走了。"恒发士多说："我一直在走啊，刚走到这儿。"我说："我写过你的故事。"他说："我知道，写得很不好。"我尴尬地笑了，解释道："那是为了交作业。"恒发士多说："那我来讲。"我说："好。"然后夺过了矿泉水瓶。

恒发士多是这么说的：

"每个被讲出来的故事都是对真相的一次砍伐，装作一本正经更是令人忍无可忍。大漠里的故事对于我短暂到了不值一提的地步，况且最大的谎言是那个故事从我出生的一刻讲起，实在荒谬至极。我就没有出生过。出生是对生命的牵强附会，它的重要性大概同你中学里的某一次期末考试差不多，只要你让你心里面那些羊互相多看两眼，就会明白这个真相。"

我说："我也没有出生过？"恒发士多说："孩子，你不能打断我的。"我点点头。他说："那我们正式开始了。"

2

宇宙里还没有故事的时候，一切都不知道一切。那时候有一个点，点是一切。在它自己荡开成一条线之前，恒发士多总觉得硌。把点变成线的是恒发士多的一个喷嚏——由此也证明有人在想念他。奇趣的是，当线出现后，恒发士多发现自己已经处于线外了，也许是被弹出去的。严格来讲，线取代点作为一切，恒发士多却不在线中，那么恒发士多现在就是一切之外的东西了。

一切之外的东西是值得骄傲的。恒发士多不可避免地在得意中沉浸了一段时间。许多地方后，恒发士多回想起那一刻，就完全忘记了得意，而只记得出现在得意前一阵花粉般的惶恐和随后更加难以把握的安详。恒发士多在得意的时候，一切又从线变成了面，不经意间，面悄悄长成了空间。这时恒发士多的得意差不多结束了，他吸吸鼻子，给出一个审视，宇宙因此就定了型。

这个审视是恒发士多对这个宇宙做过的唯一有意义的事情。他没有创造出任何东西，也没定下什么规律，只是因为他不小心到了一切之外，就把一切审视了出来。

喷嚏的余波驰骋在宇宙硕大的空间里，它的发出者恒发士多却置身事外。如果换一种思考方式，也许想念恒发士多从而促使这个喷嚏被打出来的那个家伙才是这个喷嚏的发出者，但我们却不知道究竟是谁在想念恒发士多。那么姑且这样说，一个想念把喷嚏催发出来，这个想念让宇宙诞生了。一个空悠悠沉甸甸的想念从拥挤的点里升腾出来，是多么不容易啊，这还不算，它还把点给折腾开了，很伟大。

3

在恒发士多给出审视的那一刻，他觉得心里空落落的。但随后他发现宇宙里发生了好些有趣的事。星系们不停辗转，互相交流着体内的尘埃，陨石们没礼貌地破门而入，在黑暗里擦起一些火星。恒发士多很快发现自己可以随意地翻阅这个空间，当他发现这一点时，宇宙在他面前变成了一部书。

恒发士多讨厌看书，他直接翻到书的结尾，想看看这个宇宙的结局，于是他就看到了 —— 平淡无奇。正当他要合上书时，却发现最后一页之后又多出了一页，他当作是先前的大意，并重新期待起好看的结局 —— 却依旧平淡无奇。再一次的，又多出了一页。同样平淡无奇。又多出一页，依旧是。书页就这么不断地多出来，厚度却没有发生什么改变。恒发士多很恼火，把书扔了出去。书却没有出去。恒发士多忘了，这里除了这本书和他自己之外什么都没有。书是宇宙是一切，他是一切之外，除此之外，就什么也没了，更没有什么空间能让他丢书。

恒发士多后悔极了，他觉得自己不该给出那个审视，这样他也就发现不了宇宙是本无穷无尽却枯燥乏味的书。恒发士多什么也做不了，他觉得无聊，就这么呆呆地和宇宙勉强共处，心里空落落的。

4

这些都是我的转述。但我保证，和标题说的一样，这都是由恒发士多讲述的。我尽量没有歪曲它们，尽管我知道那是不可能的。恒发士多虽然懂得很多，但他还是不可避免地在讲故事的时候砍伐了真相（他自己的话），我把他讲的故事再讲出来，又是对真相的一次蹂躏。没办法，凡是眼睛能看到的东西，嘴巴能说的东西，都是假的——这也是恒发士多的原话。啊，这也是假的吗。

5

恒发士多闲得发慌，他再一次把宇宙打开，一行行仔细地看起来。渐渐地，他发现宇宙这本书写得很混乱。在第一页看到的东西总跑到几百页去，有时看到一件明明发生过的事却又想不起来在哪一章看到过。恒发士多从恼火变得无奈再变得兴致盎然起来，这本书永远读不完，每次读都有新东西。恒发士多不免觉得奇怪，自己的审视明明让宇宙成了一个定型，为什么现在又在变来变去。他觉得不解，鼻子发痒。

6

"你等等。"恒发士多说，"我实在看不下去了。"我一停，就停下了这个故事的写作。恒发士多说："还是得我来讲。"我说："行。"

恒发士多就开口了：

"要知道，我最引以为豪的就是我的审视。我的审视给这个宇宙定了型。我最后悔的也是这个审视，它让我的生活变得无聊。但最让我奇怪的，还是审视似乎失去了它的作用。宇宙再次变得不确定起来，这令我丧失了信心。湖泊可以长成沙漠或者变幻的云，雪地不再是一片死黑而是变得光泽，就连我最爱的蓝色水池也会因为恒星的暴戾而变成飞沙走石。远古的意识生命在伸出舌头做出一个鬼脸后就跑到了墨绿色的植被中不见踪迹有可能在很多个重生点再次出现，变成一个大人或是满脸疤痕的老鹰。你无法想象当我得知那些气态星球上的文明是怎样饮水时的惊愕之情，他们通过视觉饮水，他们和水相爱。爱情这个东西使我转晕了脑袋虽然我没有空间可以转。但是光怪陆离飞来飞去的爱情物质充斥了古今变化的洪水把淹没的动作演示得栩栩如生此起彼伏并环绕四周密不透风。好多落后的星球通常泛着蓝色或者黄色他们总把时间当成不可捉摸的东西殊不知那正是禁锢他们生命的笨重锁链，我曾亲眼见过有些存在物因为时间而死可是时间却觉得无辜，它只是没有一张确切的面孔但事实上就连这一点本质上她也和其他的方框圆形是一样的。呼啦啦地飞过一排镜子你就会得知真相你看到好多个你那就像你心里那些羊群一样，当它们静默下来彼此面面相觑不知所措突然停止了对草的咀嚼的时候你就会发现它们发现它们是羊长得不一样而镜子中的你和你长得一样但和你不一样的你自己则在另一些镜子一般构成的甬道迷宫通向的各个区里，他们做着许多不同的事情这一事实足以蔑视时间和好多文明自以为是的万物解释。这些东西都他妈的写在这个宇宙的书里但书里的人总是待在他们的那一页那一行里以至于差点把我也欺骗了。"

"我请求你讲得慢一些。"我对恒发士多说。

恒发士多盯着我看了一会，似乎在表达对我打断的不满。过了一会又重新开口：

"唉。总而言之当我快把宇宙这本书翻烂的时候——当然，这只是个比喻，它翻不烂的——我发现了我手里这本书，或者说这个宇宙，它不仅是一切，它还是无限。作为一切之外的东西，我的心总是空落落的，因为我丧失了成为一个无限的资格。我似乎只是一个永恒。一切、永恒、无限，孩子你可以颠扑一下这三个词，虽然我说出它们时它们已经变味了，但不妨碍你装作你理解了它，也许你就真的理解了它。说回当时，你让我慢慢说，但其实也没什么好慢慢说的了。我再次翻开宇宙的那本书，嘿，我能确定了，正是宇宙里那些一切的东西把这本书变成了无限，它们那些我没法弄懂的无定型把我的审视推到了可有可无的地位。我确信我不该把我那一眼看得多么重要，看到的都是假的。于是我就闭上了眼，这下我感觉很舒服，那一刻我才发我还没闭上眼过。哦不，有一次，就是打喷嚏那次，没人可以睁着眼打喷嚏，对。总之我第二次闭上眼，然后摸到了宇宙，把它随意翻开，我将两页纸间的缝隙想象成一条大河，然后咚唧一声，就被合进了书里。

"我睁开眼时，就在一条不见头尾的大河里了。我爬上河岸，又回到河里。你可能觉得一条河只有两道岸，但事实上，一条河有成千上万条岸，无数条岸，数也数不清。于是我上了岸，又下了河，一次次的，去了好多地方。"

"去了大沙漠？"我问。

"那是其中一个。"恒发士多说，"那个故事里唯一靠谱的东西就是大漠之语。嗨，其实也不怎么靠谱。主要它被你写出来了。"

我挠挠头。看了看手里的矿泉水瓶。

"好了。我讲完了。"恒发士多说，"我走了。"

　　说着他把矿泉水瓶还给了我。我看看自己空空的手，又看看他手里的水瓶，迷惑不解。他只是对我眨了下眼，就走出了图书馆。我追出去，叫住他，又不知道说什么好。最后我对他说："帮我买杯奶茶，中杯，七分糖，去冰。"他就帮我买了杯奶茶。我实在想不出还能说什么，就让他走了。他走路像游泳。

　　恒发士多刚一走，我就开始想念他了。我刚一开始想念他，就仿佛听见了一声喷嚏。很远的，听不见似的。

2016.7

迭代之行（二）

八月二十三日

坑洼

有一架棕色的飞机坠毁在此，女人因此而失忆。我与张小莉看过这部电影，在曲阳影都。灰尘满满，身旁的男人向他的妻子解释红茶的来历。

石砾之上浮起一座木板桥，刻意地曲折后将我们放下。眼前的庞然大物被复制粘贴在世界的各个角落：美术馆前、大学中央、摊铺的第一排、一些自然段的开头，或者一个四等站的办公室——我和张小莉就看到过一次，前往雨林的中途，窗外是许多松树，韩站长用它压住了我们的车票，它是一个极小的金字塔。他试图挽留我们，多等几班火车。张小莉同意了。当天最后一次火车到站前，韩站长亲自骑车去镇里，他买了一箱酸奶和一袋面包送给我们。酸奶是过期的，我们后来发现。

此时面前的这一个是不同的，和所有缩放过的分身都有所区别，它远离光滑和完整，经得起反复解开。我们攀上两级石块，目光所及都是细节的瀑流。

李提说，他遇上一个常年在这儿喂鸟的人，那人说最初的金字塔是一个立方体，从顶部开始慢慢地脱落和流失，才逐渐变成一个锥形。老发问，那现在呢？李提说，喂鸟的人说，锥形和摄影术是一个巧合，作为锥形的金字塔只存在了短短的一瞬间，他指指顶端，金字塔的顶部已经坍塌了一小部分，它还在缓慢地流失，只是在这几百年里，它仍会近似一个锥形。

张小莉说，是他的鸟在啄走金字塔。

我贴紧身旁的石块，把目光塞进一个坑洼里，随即涌现出更多的坑洼来。金字塔的历史是剥落的历史，小一些的坑洼被掩埋在大一些的坑洼之中，再逐渐暴露。我可以不断地走进一层又一层的坑洼里，无限地嵌入它的表面，途经的每一个洞室都被前人不同程度地雕塑出一些痕迹。其中可以看到一些正在剥落的立方体，佐证了喂鸟人的说辞。它们是生长在体内的一些微小分形，负责那些离散在底部的点状事实，像突然梦见的许多嘌呤，都难以捉摸。老发、马大、李提和张小莉都没有跟随我进来，这里有些发冷，分散的坑洼越发变得像岛屿，走得越往里，它们间就隔得越远，我也越不能停下，扳着壁往里。每走进一个，就势必与其他的失之交臂。我曾走过两个迷宫，在洛阳和武汉，灌木和冰块。它们的终点不约而同是一张黄色的塑料大布，中间长出一个红色圆点。我曾经梦见过很多次穿破那张布的情形，都是一个商业中心的底部，俯视的停车场边缘，露出了一部分更大的迷宫，由更多的黄色塑料布组成。一个短发的高个女孩站在门口，是幼儿园里彩虹班的最后一位插班生，她告诉我，被我视为午睡结束前提示的音乐，其实是不远处一所小学每天下午眼保健操的铃声。那时几十张床铺都压在我的身上。只有一次，我睡在了上铺，那天我试图装睡，但潘老师走到我的面前说，装睡时闭起的眼皮也会眨。相邻的周三，窦老师在午睡时把我叫到教室，教我用点彩的方法画了一张脸谱和一个金字塔，几乎用尽了所有的颜色，背景是淡淡的蓝。后来，脸谱的那张得了奖，窦老师给我和奖状拍了照片。张小莉在那天送给我一个她打的藻井结，说祝贺我，我揪了揪她的辫子，把没得奖的金字塔送给了她。张小莉拍拍我的头，我发现她也进到了这层坑洼里，土黄色的洞室，积灰至小腿。我问她，你怎么找到我的路线。她不说话，把我拽了出来。李提眯着眼看着一群鸟，马大则已经爬上人工的台阶。

他说，老发回车上睡觉了，我们进金字塔里面吧。我们于是跟上。我走在张小莉的后面，又很快超过了她。

甬道

大走廊过于庄严，它的宏大将你拔高后再按扁，陡峭叫人匍匐。马大一言不发，但心情明显肿了起来，节奏呼哧。

对内部空间的共同迷恋是我们成为朋友的原因，五年级的那次春游，我俩在一个桥洞底下相向而过，两艘船在蹭出一段半米的噪音后，卡在了洞里。我们同时研究起拱形的内壁，上面刻满了成对的名字。下午，在电信博物馆里，马大告诉我他是四班的马大。我们钻过重锤电报机后的一扇小门，经过一席黑暗，眼前慢慢展露出一间贮藏室，贮藏室的格局和学校天文台地下的很像——那是教学楼地下一层走廊尽头的一间屋子，里面堆放着陈旧的乐器、礼服、桌椅和许多毽子，一个人偶保持着练习腹语的姿态（马大坚持这样认为），拨开它，就可以看到几级楼梯，接着楼梯盘旋往上，同样无光、极其陡峭，顶层就是天文台——我和马大在上初中后回到小学，第一次进入那里，天文台从未向学生开放，所有的仪器都处在灰尘底部，马大与我在墙壁的积灰上写下了我们名字的缩写，如果不出意外，它们应该还在那里——位于望远镜左边半米，圆形拱顶的内壁上。

马大乐于在黑暗中向我讲述一些事情，大多数时候，黑暗都是我们探险的过场，最初我怀疑他是想排解恐惧或者无聊，但逐渐了解马大后我得以确信，这两者他都不会经历。剩下的一种可能就是他认为不可见的环境是谈话的好时机，他总把讲述的时间控制得刚好，结束的下一秒，必定迎来一个光亮或是宽敞——马大嗜好这样微小的仪式感，他追求氛围的营造，尽管有时也令人生厌，不过自己总能乐在其中。和平公园由防空洞改造的鬼屋里，马大告诉我他的父母都是齿模师，他在成堆的假牙模具中长大，致使他对成排出现的牙齿极度过敏。模具是拙劣模仿的元凶，马大厌恶。他从小学开始就偷偷抽烟，目的便是试图将自己的牙齿熏得黄一些，马大说，他几乎每隔二十分钟就会用舌头顶向不同的牙齿，他认为这样能使他的牙齿不那么整齐，马大最无法接受的是看见别人的牙龈，李提曾因向马大龇牙咧嘴而遭到长达半年的不予理睬。我有时猜想，马大之所以选择在黑暗处与人交谈，也许正和他不愿意见到牙齿有密不可分的联系。

张小莉拉住我的包，她显得很累，李提也在喘气。我们放缓速度，终于到达甬道的顶端。

必须低头进入墓室前的隔间，其中的气味每隔三秒就变换一次。可以感受到一些深灰色的粒子正在发霉，那是它们焦虑讨论的信号。内容大致为是否要突然地进行一些反常行为，从而造成某种意外的神秘现象。它们的天生使命是伪装成随机运动，于是它们几乎从不释放小概率事件（比如突然聚集在一个墙角，造成其余地带的真空），而总是尽可能地平均分布，不引起人的注意。但此时的马大令它们觉得意外：从未有人在此流出眼泪，人们通常要进入墓室之后才开始自我感动，这种陌生的分泌物引发了空气湿度的微妙变化，从而掀起了一些奇怪的化学反应。

马大一动不动，仰头看着侧面的墙壁。李提和张小莉进入了墓室，他们在那儿用不变的脚步采集一个新地点的回声样本。而马大却停在途中，我顺着他的目光看去，倾斜的墙壁上刻满了游客的名字和话语——这是一些新型化石，但很难说刻字和石壁哪一方成了标本。马大转动脖子盯着我，他说他第一次觉察到这些刻字人的伟大。

我没有立刻回应马大的话，但我想我完全明白他的意思。

河畔

老发说去河岸走走，用门缝悄悄叫的我。

离开吉萨后我们来到这座城市，老发说就住河边。其他人睡了，他睡不着。

总是想起曲阳图书馆，曲图。老发说。你知道吗，保定也有一个曲阳，我查过，是个县，有十二个乡，六个镇。我觉得我一定不会去那个曲阳，这辈子都不会去。如果曲阳不位于保定，那才是我们的那个曲阳。我们那个曲阳的曲图从马路往里拔立三层，有近道，后来只能绕路，只能走出去再拐进来，对吧。其实，三层上面还有第四层，但通常是被阻隔了，写着办公区，你总想去，我说不太好，就一直没去过。曲图的一层有保安、报纸、老人和冒着热气的茶水。二层有两层。一层有管理员、厕所、有些中学生和盛有茶水的茶杯，我们有段时间也是曲图的中学生；另一层也有这些，但矮点儿，有槽，有梁，有隔断和大字典。第三层有三端。一端有孩子、大孩子、凳子；中端有孩子、老人、椅子；末端有插座巡视员，有电脑，有影视期刊，有很多盛有冒着热气的茶杯留下的杯印。我们总去的，是三层的末端，你记得吧？三层末端的人大约固定。总有一个长臂的老人，快速走到期刊柜，抽几份报纸，又快速坐下看，咔哧咔哧的。他手臂过膝盖，眉毛往外飞。

有一个拖着买菜小车的奶奶，坐得一般离我俩不远，她看杂志，或者书。目的性不强。盯着她看觉得她有点凶，不盯就还好。有一些参加会计师考试的和一些考研究生的，他们和做作业的学生穿插着坐，比较匀。插座变了几轮，规则和位置都是。一开始我们用，后来不怎么用了。偶尔也还是用，但不成体系。我自己也用过几次带电脑的位子，电脑不能用，但是比较独立的一块地方，你不肯用，说像在家，可那里确实光比较好。曲图厕所很好用，有禁烟标识，但还是可以抽，偷偷地呗，我也看到过别人的烟头。我不怎么上外面的厕所，但曲图的我愿意。楼下的麦当劳也受曲图影响，有些人要在里面做在曲图做的事，可能把两者当作一个了。这比我要好，我只在里面买吃的。曲阳影都去得少，别人似乎比较认可，但我觉得它反而像那个保定的曲阳了，我没去过，我也不会去的。不得不说啊，它的门面，还有麦当劳一并都是曲图的一部分。曲图很不一样，你走了以后，我总路过那个门面去曲图。我给自己规定，如果我在曲图，出来吃饭可以从小火锅店门口的小路斜穿出来，但回去必须走一个直角的大路，没有什么原因，但我一直是这么走的。哎。

老发往岸边坐下，伸手想够河水，但有些远。

我告诉老发，其实有一次我去过曲图的四层，和马大一起。老发停下动作。上面就是有个馆长室，几盆花，别的就没了。我说。老发不响，过了半天把右手用力一抻，打起一点水花。

老发说，来之前我想这条河还泛不泛滥，好像泛滥是很久以前的事了。我说，肯定不了，修了个坝的。老发说，对，我也查到了，修了个坝。老发念叨着修坝修坝，从地上站起来。他搓搓手，说有点冷，回屋了。

我说好。老发走在前面，走到一半又回头和我说，你也想曲图啊。我点点头。

我们回到旅店时，河水的语气有些不稳，一只水鸟从河面上拾起几个叹词。它衔着它们回巢，孩子们需要以之为食。

八月二十四日

气球

我们上升的同时，许国强把手伸出篮筐。他说如果大地向他抛起一颗弹力球，他需要提前做好准备才能接住。我们都知道不会有球，许国强把手送出篮筐，是称一称起飞后不断减少的大气重量，以确保自己真的在飞，他有时也往下按一按，不同厚度的天空弹性不同，鸟的翅膀就在反复进行这些操练。

许国强喜欢鸟，或者说他迷恋飞行。乘热气球是他的决定，张小莉第一个同意，马大、李提、老发和我也都报了名。十分钟前，火焰怂恿几张大皮鼓胀起来，后被人盯上了天。

缺少云，确切地说是没有，高空可以闻见地面的味道。牛和驴在不同的隔间甩尾，几只鸡把一个天台翻新，用腐败掉落的羽毛散发一些刺鼻的信号，再进一步矗立，挺拔后凝固，巍然不动，一片沉默的宣誓。许国强在我耳边说，这是它们可以到达的最高地带，周围没有更高的屋顶。但这里的屋顶都有向上生长的趋势——它们无一不在顶部还露出几根柱子的半成品，等待着某种阻力消去，也可能是拆除不彻底的痕迹，就像哈利利路边的天桥。

热气球开始掠过许多的地面，它把高度控制在听觉和嗅觉的边缘，进行一种匀速直线运动，令人想起物理课本右下角的一段考点。在李提看来，这又是不同于其他交通工具的体验：实体都在可感的距离之内，而清晨的凉意与理想的移动方式则带来失真。类似于在船的甲板，但俯视与眺望又不一样，相同点是可以呼吸风。田地里藏着几个穿白袍的男孩，他们埋伏一阵即将蔓延的影子。

张小莉很兴奋，指着远处说日出了。

我曾和她去过一次黄山，住在山上的旅馆。我就是在那间胶囊大小房间里的电视上看到那个男人的新闻：他长着一对翅膀，在世界的各个机场间穿梭，短暂地出现和消失。第二天清晨我们上了山顶，那天下雨，日出不显。张小莉把手电筒从大衣里掏出来，打向云，说再找找。李提在一旁把身上的雨水汇集到一处，再装进一只空水瓶。当盛满，他说不会有日出了，就催我们离开。张小莉很是不快，李提一手遮在她的手电筒前说，看，日食。我们都很生气。

废墟

绕着甲虫的雕像走上几圈，水池就越来越清晰。

卢克索高温显著，轮廓大多在融解。池里有绿色的水，水位不高，但可以觉出它的厚，又有一些油腻，显得迂腐。马大蹲下，盯了一会儿，说池里有条鱼。我不相信这样的池水中有活物，但顺着马大的手指看去，确实有一条鱼在底下兜圈，这样水面就化开了。张小莉说，这里原来应该是一个游泳池，但会不会太深。她不切实际的话令我不明缘由地陷入了一些能见度极低的幻想里，反复出现的是一条浸泡在福尔马林中的古老鱼类，一直存放在自然博物馆的一堵墙后，鱼缸中悬浮着标本剥落的腐烂物。还有一些水下的突然袭击，边界不可见的恐惧，深绿色，咕咚咕咚。试想如果把眼前这个池子里的水抽干，将露出的东西精心放置在独立的展柜中林立在池底（想到这里我轻松了许多），一些模糊而混乱的画面闪过，试图表现这些展品的林林总总、目不暇接，蔫软的水草穿插出现在戴白手套的手中和西南角的第一个展柜里。可除此之外呢？所有其余物品都只是寄居在一个"丰富庞杂"的概念下，只要尝试列举一二就瞬间化为乌有，它们只能沦为虚化的背景，时而走动以调整节奏，测不准。我为自己的想象力匮乏而感到沮丧，当一艘木船的残骸出现在我的猜想之列时，我彻底放弃了这一行为。这一行为擅自袭击我的意识，又很快牵引我堕入自己经验的陷阱里，最终在套出了我的缺点后功成身退，使我诞生于被动的主动也失败了，只能独自面对一些思绪上的划痕，并伴随一点儿恶心。这种情况下，似乎只有依靠研究池壁上的挖凿痕迹才能使我回到明朗而干燥的日光里。

老发拍拍我，示意我大家已经去了另一边。

李提和马大在最前面，往一道高地上走，他们说旁边的城门被栅栏门封上，这一条应该就是城墙的遗址。两人试图翻过这片废墟的边界，尽管透过城门已经可以看出那边并不存在什么特别的景色，但他们（其实也包括我）依旧期待站在高处可以俯瞰到一些被遮掩的真相。李提在一次同我和老发吃粉的时候说，他对界线无比敏感，在很多时候，他意识到了界线，却并不清楚界线两旁的究竟是什么，也并不知道这界线因何产生。只能说，界线存在，界限也存在，它们存在在界线两旁的填充物之前，是独立的、与生俱来的、难以撼动的，致密而光滑，直溜溜，反光标准，浮在空旷的地方，随时可以附着上一些情况，几乎是用扑的。李提嗦一口粉。自我懂事起。他接着说。就频繁地这么感觉了，它让我清晰，变成明白的一个人，不黏稠。你们听过装枪的声音吗，咔嚓铿锵那种，我觉得我就是那样的一个家伙，像装枪声的人。李提喝下一大口汤。哈（喝完热汤后的回味）。这是智能，是理智，高阶形态。李提很少对我们说这么多，他通常是编一些故事。李提去买单时，老发侧过来和我说，他可能受了什么打击。我不置可否。不过后来他很快就恢复了常态。

一个黑袍女人拦下了马大和李提，向他们摆手，摆出一些否定的词语，告诉他们不能上去。许国强突然找到一块石头坐下，端起自己的脚看。他被荆棘划了一道口子。张小莉拿出创口贴递给他，说，许国强，你怎么都快秃了。

许国强笑笑，说最近头发掉得多。许国强原来是自然卷，而脱发算是遗传。我们在同一个寝室时，许国强告诉我，他不怕脱发，但他怕脂肪瘤。他说他爸爸手臂上长满了脂肪瘤，大大小小。我告诉他，脂肪瘤是良性的，也不太会遗传。许国强连连摇头，说不可接受。有一次许国强的爸爸把许国强的手压在脂肪瘤上，问他硬不硬，还说能左右轻微移动。他爸爸哈哈大笑，许国强汗毛直立。太可怕了，不能想不能想。他说。头摇来摇去。

我们沿着边界往前，不远有一个看台，看台建在高地上。刚才那个穿黑袍的女人站在入口，是一条斜坡，头上两个木桩间系着一根绳。女人见我们靠近，解下绳子的一头，招呼我们过去。

守界人。马大说。原来如此。

老发叹了口气。

我们没有过去。接着穿黑袍的女人就逐渐消失在她的轮廓里，十来秒后，轮廓也不见了。

滩涂

船夫用脚把帆船蹬开码头。

我告诉李提，我在午睡时梦到了 Yahia。李提点点头，说，叹号。他长什么样。

一个光头，挺胖，看起来有些凶。我说。我梦到我是那个A，也有时候我谁都不是，就看着他们。那天晚上，我（A）没给Yahia!发消息，还有个梦中梦，就是我（A）梦见第二天一早Yahia!带着他的小孙女来见我（A）和B，他拖着一个行李箱，说什么飞机要晚点了，还是商务舱，后来到了飞机上，有一个大投影放电影，几个人在看，是一个发蓝的片子，飞机开始颠簸，旅店老板联系的司机突然来指责我们，我意识到是在做梦，醒了。醒来之后我（A）到阳台，天还没亮，那个旅店老板，长得有点像高中那个孙老师，教历史的，他和Yahia!在楼下说话。我（A）和B就下去了，B很难过，哭了。Yahia!就把他的女儿孙女都叫出来，我（A）还说了句"和梦里一样"。他女儿去安慰B，我（A）带他孙女去红绿灯旁边，他孙女问我（A）那是什么，我（A）说是批评人用的。后来我们都上了飞机，从窗口往下看，地下的房子是一粒粒的整整齐齐，Yahia!坐到我旁边，我感觉我不是A了，A和B在另一边。Yahia!和我说，请相信他是个好人。我似乎特别想哭，Yahia!看起来非常可怜，B突然说，Yahia!不是个好人。B说这个话时，我们突然在等地铁，这个时候你也在，你在对面站台。还有一个女人在和我说话，我记不清是谁了，我让她等等，后来就没出现。Yahia!带着他的孙女上了一班地铁，B和我说，我们不坐这一趟，A自己上去了，这时候我看清A的长相，是你。地铁开了，Yahia!和我道别，抱着他孙女，你（A）在他们旁边。地铁就一直开，我想看看你还在不在对面站台，但是地铁好像有无限长，怎么都开不完，看不到对面。我觉得奇怪，后来就醒了。

李提说，你梦都记这么清楚。我说中午睡得不久，醒来回忆一遍，就记住了。他说好吧。

我们沉默在船桨上，慢慢嵌入了一片深色的水域，旁边的滩涂上盛有几片反光，老发研究其中的内容。一艘小拖船从我们身旁窜出，船夫将一根绳子抛了上去，我们的后面还有一艘帆船，他们也抛给我们一根绳子。两艘船就被它拖着走。后面的那艘帆船上是几个小姑娘，准确地说是三个，再进一步准确地说，我见过她们三个。短暂的回忆后，我确定是在哈利利的那道铁丝网。她们似乎同时认出了我，开始招手。我拍拍老发告诉他，他却说他没见过，我才想起来的确如此，老发那天没有回头看。三个女孩拿过船桨（她们没有船夫），试图把船靠近我们，但没什么效果。我于是让我们的船夫把绳子收短，她们那边也开始照办。两艘船最终剩下半米的缝隙，可以自由跨越。然而如此行驶了不过二十米的距离，她们的船就搁浅在了滩涂上。我不明白为什么我们的船没有遭遇相同的事，船夫开始松绳子，并用桨努力顶着河滩，女孩们没有往我们船上来，而是下到了河滩上，她们每一步都踩在里面。老发突然跳到那艘船上，也跟着上了岸。船夫不知所措，用我们听不懂的语言高频次地呼喊。他们四个径直走向纸草丛中，船夫见状就跳上了岸。后面的帆船此时有了动静，它被拖船拖动了。两艘船于是又开动起来。船夫在岸上朝拖船嚷叫，但无人理会。

我们的船停在河面的中间地带，滩涂上已经没有了人，所有的脚印都恢复了原来的平整。反光依旧在，依旧像是儿时的某个清晨。我没有向任何人诉说我的恐惧，因为船上的其他人也没有表达出任何的恐惧来。拖船上始终不露出一个人，它像是一台高温的机器，盯久了脸颊会烫。我觉得有些懵。老发后来和我说，那天他在纸草丛里很快就跟丢了三个女孩，也没有碰见船夫，他自己误打误撞走到了另一边，是一条特别空旷的泥路，有一座拆到一半的小楼，楼顶盖着一片巨大的蒙皮。他说那栋房子没有楼梯，但有梯子，顺着梯子爬上去，最上面一层可以透过不完整的墙看到大河。他说从那里看大河水流湍急，甚至有浪，在日落，并且看不到我们。

老发回到滩涂上时，船夫已经把三个女孩领回了那里。拖船上也终于走出两个人，是一对夫妇，他们把我们带回了河滩。在这之前，只有许国强问了一句，他们干什么去了？而李提说，等一等。我有些不好受，三个女孩回到她们的船上，依旧对我们笑。我感到我们还会碰到她们，而我更希望刚才真实的事情是，老发同她们做了爱，我明白这样的想法过于荒谬且庸俗。不过马大说，一定是这样。张小莉说，不会。

我们又来到河面的中间，日落开始了。两岸的景色在收缩，慢慢挤成一副相近的样子，再次展开时，老发坐到我身边，告诉我他在河滩上踩到一个硬物，低头一看，竟然是书或什么本子的一角，隐约是蓝色的封皮，还有金色的字的局部。他没看清是什么书，而是又用力往下踩了踩，然后拨了些泥沙盖住。老发说完笑了笑，又说觉得我不太高兴。我说，没有没有。老发从包里拿出两碗当地的泡面，他说，又开始日落了，边吃边看吧。

神庙

钻过一个低矮的桥洞，出来就是神庙。夜晚它被灯光重新切割出一些形状，更接近几千年前的样子。我们几个坐在巨大的广场中心，聆听远处石场的工人修复一个破损的穹顶。一个闪米特人捡起他用剩的石子，在光束前检视，之后有些失望地丢弃在石柱旁，落地时比以往多出一个拍子的声响。

我用残存的少量关于打击乐的记忆慢慢敲打起地面，许国强也跟着摇起身子。拿着扫帚的老人缓慢地扫过这片广场，她把腰也弯成一个穹顶，路过我们时，轻轻地询问今天的日期和年份。

张小莉跳起来告诉她，却花了很久都没有说清。老人一动不动，皱纹慢慢沉入皮肤。张小莉一边说一边比画，她用粉色的上衣打出一个结来，显得格外可爱。

八月二十五日

墓室

先开启一把锁，接着是凉。要从另一座陵墓的底端才能进入这一座，这使它被保存得近乎完美，同时票价高昂。

墓道极长，有时还在生长，将每个人之间的距离不断扯大，直至互相无法看见对方为止。两旁的壁画和雕刻就是一些壁画和雕刻，无人能理解其中的含义，所有的语言翻译体系都对这座陵墓的文字无效（那么事实上也就无从确定这是一种文字）。它甚至奢侈地使用一种惊人的色彩，只为在一些笔画的开端点缀上一个凹槽。一个秘密是：这里不存在整体与局部之分 —— 这几乎难以察觉，因为它属于这一宇宙的底色 —— 可一旦意识到这一点，就会立刻沉迷在这些形状与色彩的体内，你所瞩目的每一处笔刷的失误，都与环视四周的视野总和完全相同。慢慢地会感到晕眩，必须微微屈膝，站成内八 —— 这是体育李老师教授的，我受用终身。

独自进入最大的墓室，阿光出现在那儿，我不常看得见他。

当时，阿光从上铺突然跳下来，告诉我他想去当列车员。他说他其实最想成为一个行李员，但列车员的考试更简单，他的学习不太好，行李员的考试手册要厚很多，他不敢。后来，我就很少见到他，见到时他也总在念叨"误撕""变径""特快""减价不符"这些字眼。快毕业时，有一天我在学校的后门遇见他，他低头走着。我问他去哪儿，他说他在旁边的小区租了房子，每天下楼散散步。我问他当上列车员了没。他摆摆手说，没必要。

我没有继续问他什么是没必要，他继而说起散步的事。散步很有意思，这个小区很大，我今天是顺路过来取个快递，平时都在小区里走走。我还记得我第一天散步，那阵子我刚搬来，每天上厕所就好奇那些东西都被冲到哪儿了。结果那天散步时我就在楼下一个阴井盖上看到白漆写的"化粪池"三个字，旁边是一幢矮楼。我便觉得这个小区和我有缘。前天，我去了隔壁一栋楼的地下室，底下有两层，结构很复杂，卫生不太好，难闻，后来我知道他们在做饭，做饭都难闻，你想想。大多数门都关着，也不知道有没有人，一些贴了封条。总之，进到里面情绪就不太好，那些墙上几乎都拿红粉笔画着一个箭头，写着"出口"，好像是拼命地帮助你离开。你能感觉，地下室都彼此相通，还有公共厕所，但他们比楼上那些人还彼此隔绝。我想也许哪家有一具尸体也是可能的，毕竟那么难闻。今天我跑去一栋没去过的楼，离开前闻到了很香的味道，原来是一楼一家的门开了，里面的女人说"赶紧，我们去和老师求情，让他放过我们"。你说会不会是我们学校的呢？我不知道，我太久没来学校了，谁都不认识。

我连连点头，最后以一个拖长的"嗯"回应他。这次之后，我见到阿光的频率高了一些。每次遇见他，他的头发就更短，话也更少，每次他出现，就不会有别人存在。

阿光在墓室里来回踱步，慢慢地开始变成绕着石棺转圈。几个我把他围住，他又在几个我间穿梭，很是灵巧。我大声喊了一声，用回声将阿光钳住，他回过头，问我怎么了。我说，能不能和我一起看看这壁画，我看不明白。阿光不说话。我于是告诉了阿光那个关于这些壁画的秘密。

他听完不以为然，说早就不信这些了。所有这些关于融合的想象，都是剥皮的行为。我们都被放在棺材里，我们都没办法打开阀门。阿光越说越激动，突然抓住我的领口，把额头用力顶在我的额头上，我才发现他已经快是一个光头了。

听到了吗？

什么？

他又用力拿头撞我的头，"砰"的一声。

多坚硬啊。阿光说。你还记得那句台词吗，我们是墙——

无话可讲。我说出了后半句。回声再度袭来，是火车的声音。

车厢

这节车厢里的每个包间都是需要组装的，列车员给我们每人一张图纸，我们必须自己动手，才能搭出床铺和桌子。

张小莉和我一间，她一边举起一块巨大的床板一边问我，如果我和你有了孩子，你会起个什么名字。张小莉总是问我一些不切实际的问题，我们甚至不是情侣，却要想象孩子的名字。我帮她把床板插进墙上，说，星期五。

张小莉不说话，半晌才问我为什么，是不是喜欢鲁滨逊。我说不是，只是随口一说，马上十二点，明天就是星期五。

她说行，并声称不会和我生孩子了。

我们大约花了半个小时才把车厢组装完毕，却多出了两块正方形的木板。我和张小莉反复检查图纸，最终确信我们没有遗漏任何的零件和步骤。这两块木板一黑一白，距离其中一条边的一厘米处嵌着一枚银色的金属。房间的门响起来。李提拿着一片长方形的铁皮站在门口。很快老发他们和其他乘客也都来到走廊，每个人手里的零件都不一样，最小的是一枚大头钉。

列车员将我们手中的零件一个一个收集起来，他提着一个袋子，从走廊的一头走到另一头。他把装满零件的袋子带回了值班室。

当晚，火车的空调开得很足，我被冻醒了多次。张小莉告诉我，她趁上厕所的时候去值班室偷看了一眼——那个列车员把所有的金属零件都打磨成了反光的镜子，又把所有的木头丢进了桌子底下的炉子取暖。

2017.10

露天往事

非常多的时候，我都会想起这件事的前半段，十次里有三次或四次，会顺势想到它的后续。不过无论如何，它的结局毋庸置疑是发生在中间的。这件事的结局是：露天电影的活动已经在前一天结束了，我什么都没有看到，也没有在育英小学碰到张小莉。

我把结局全盘托出，这样一来便不用担心自己会制造出什么悬念。我难以忍受那种对真实的玩弄出现。所以现在，我也就可以坦然地说说这个故事的前半段与后半段了。

小学二年级的暑假，我被要求在部队附属的游泳池学自由泳。

二年级时，我喜欢做许多事。比如，当时有一本我称之为"绝版收藏"的剪贴簿，它的起源是我的外婆。在汉口的时候，外婆掏出一个对折式的餐巾纸包，从里面取出钱来结账，并告诉我这是她的钱包。必须要说的是，"钱包"里不只有钱，还有名片、银行卡、票根，当然还有纸巾，它被塞得很满。

这一情形给了我很大的触动，极大地激发起我的收集癖来。于是在当天我就也有了一个对折纸巾包，并在其中放入了所有可以用"片""枚"和"张"作为量词形容的物件，包括我的游戏卡、自己绘制的地图、护身符，以及各大场馆的导览册。我无论到哪里都会带着我的纸巾包，大约两个月后，它就已经变得塞不下任何东西。一个晚上，我决定将其中所有的藏品铺成一个面，这个面出奇的大，但显得过于薄了。

"绝版收藏"就是在这种情况下诞生的，藏品们在被从纸巾包里取出后又被依次贴在了一个我撕去封皮的软面抄里，随着内容的持续增多，它最终达到了八九厘米的厚度。我将头尾两页用透明胶裹了一层（并且加宽了，厚度牺牲了一定的面积），形成坚固的封面，并在首页用记号笔题上了"绝版收藏"四个字。

我尤其热衷于在每页中加入一些机关，例如将卡片贴住三条边，留出一条使之成为一个口袋，又比如我学习立体书的一些结构，将两页纸的边缘粘合，从而可以设计许多上下推拉或打开、折叠的部分。在其中的一个"秘密口袋"里，我放了一张五元纸币，那是当时购买一支隐形笔的价格。我期待某天当我遗忘了这件事情时，可以惊喜地发现这个宝藏。

"绝版收藏"存在了很久，一直到我初二前，它都被珍藏在我唯一有锁的小柜子里，被我不时拿出翻看。除此之外我还创作了另一件藏品，时间比"绝版收藏"略晚一些，正是在学游泳的那个暑假。那时我迷恋恐龙，所以在科技馆买了两套模拟考古挖掘的玩具。那是一种肉粉色的石膏块，需要自己动手用工具挖掘出里面埋藏的恐龙骨架。我挖得十分精细，甚至设计了用来清理粉末的沟渠系统，古生物考古这一行为至少给我带来了两方面的极大快感：一是将我与千万年前的某个活物勾连起来；二是挖掘行为本身带来的结构质感。然而，尽管我倍加享受并小心翼翼，不幸的是在挖掘第二具迅猛龙时，还是不慎将尾骨敲碎了，这令我懊恼不已，一气之下将这只迅猛龙大卸八块。

几天之后我尝试用"502"将它再度粘合，却发现极不美观，便彻底放弃恢复它的想法，索性采取另一种处理方式：将它敲得更碎。我找出美术课遗留的黏土，重新润湿，足有两大团，能将迅猛龙完整地包裹起来。我仔细安排了各个骨块的位置，最终得到了一个埋藏有迅猛龙骨架的黏土块，比原先的石膏块还要大上一圈。黏土块的表面虽有一些坑洼起伏，但总体是一个方正的形态，这种拥有内部秘密的几何体令我着迷。

黏土块起初暴露在空气中，我因而需要经常润湿它以免出现裂痕。一周过后，我决定将它包裹起来。密封的过程耗费了我整整一晚：先是报纸，然后是保鲜膜、薄塑料袋，再用A4纸，反复数层，最后用透明胶带缠了个严严实实。除我之外，没有人知道里面是什么，我将它放在了床头的暗柜里。这一藏品没有名字，但它比"绝版收藏"保存得更久。在完成它的第二天，爸爸告诉我，我要去学游泳了。

游泳池也是露天的，和之后的电影一样。

课程持续两周，最后的考试是以自由泳姿顺利完成二十五米泳程。班上有二十来人，都与我年纪相仿。我们的教学区域是在浅水区横向三分之一处围起的一块地方，纵向抵达与深水区的交界。我在那里认识了张小莉。

不过，那个暑假的十几天里，我只知道她姓张，抑或是她告诉了我名字可我没有听清，要知道，露天泳池永远是喧闹的，溅起的水花不光会模糊视线，也会搅乱注意力与记忆。不过，我确实清楚记得第一次注意到张小莉的情形，是在练习憋气的时候。

在训练的第一周，每天都要练习憋气很多次，我们在泳池边缘随机排成一排，抓住岸边把头埋进水里憋气。当时班上不多的人戴了泳镜，我就是其中一个。于是在水下时，我便可以睁开眼睛，泳镜给人一种极度清晰的感觉，同时可以过滤许多杂质，让视野只是视野。

我左边的男孩紧闭着眼睛，捏紧鼻子，不时皱一下眉毛。而当我瞟向右边时，那个女孩却睁着眼睛，她没有戴泳镜，显得极自然的样子，盯着池底，眨一眨眼。我难以想象为何有人可以在漂白剂如此强烈的泳池里睁开眼睛，这个女孩就是张小莉，我下意识地决定要比她憋得久一些。在我注意到她十几秒后，她结束了憋气，她的结束就像突然的中断，因为没有任何坚持不下去的迹象流露。我还可以憋得再久一些，但几秒后就也跟着浮了上去。

我将泳镜摘去，发现她戴着泳帽。往后的日子里，我从未见过她将泳帽摘下，也没有在任何一次下课后碰见她换上便装的样子。我想这也许是后来我没有再度认出她的主要原因。

张小莉发现了我在看她。"你不用戴？"我晃了晃手里的泳镜。她摇摇头说："太勒了。"说完她笑了笑。她很白，是鹅蛋脸，我就是这样认识张小莉的。我这一次认识张小莉一共持续了十三天，第二次便是在多年之后了。

在这十三天里，张小莉是我唯一认识的同学，无论是什么训练，她总是在我的旁边一个位置。张小莉的出现使我对学游泳的热情高了一些，从而也促使游泳成了我未来唯一擅长的运动。

有一次，我们扒着浮板练习打水的动作。我和张小莉比谁打出的水花大。结果我小腿抽筋，教练让我上了岸。我坐在岸边，被风吹得打了几个冷颤，张小莉一边打水一边看着岸上的我笑。那次我注意到，张小莉的眼睛很亮，仿佛一部小说的结尾。她的眼睛远比泳池里的水要清澈，从而有足够的自信不接受泳镜的保护，张小莉让我觉得，污染只存在于不坚定的事物里。

张小莉对我说："你准备活动没做好。"我说："不是的，是脚太用力了。"张小莉便又打得轻了一点。

我们每天都有半小时自由活动的时间，在被限定的区域里，通常只有打水仗这一种游戏方式。每天我都致力于发明不同的招式，但越往后就越发缺乏创造力，大抵都是漩涡的变体。我以不同的方式搅出漩涡，再以不同的方式推出去，仔细想想，也许是对太极的模仿。到最后，我只是热衷于搅出漩涡而已。

那是最热的一天，我搅出了一个又大又快的旋涡，水流大到将我抓着的泳镜带走了。泳镜没有立刻沉下，而是随着旋涡旋转起来。我一边兴奋地叫着张小莉，一边加快了搅动。张小莉靠过来，泳镜却开始下沉，我不断加快速度，泳镜却沉得更快，很快，就没入了旋涡的中心。我一头扎到水里，却忘了没有泳镜我根本难以睁眼，手脚一通乱动后，一无所得。我弹出水面，一边揉眼睛一边和张小莉说："完了，沉下去了。"

张小莉就潜下了水，我这才想起她不需要泳镜。张小莉在水下找了近十秒，然而当她起来时，手里却是空的。"找不到，不见了。"张小莉说。"不可能啊！"我有些不信，"它刚刚掉下去。""真的，这一圈都没有了。"我有些想责怪张小莉，但很快觉得这并无任何道理。我望向水下，确实看不到泳镜的踪影，然而我又无法亲自沉下去，只得再犹疑地问一句："真的没了？"张小莉于是又潜下了水，我感到在水下她的手擦到了我的小腿。过了比刚才更久的时间，她浮上来，向我摇摇头。

我于是彻底放弃了寻找泳镜，承认了它莫名失踪的事实。张小莉和我说，她会教我怎么在水下睁眼。她说我只是害怕罢了。大约两天后，我的眼睛果然适应了水下的环境，为了感谢张小莉，我对她说，我有一本叫"绝版收藏"的剪贴簿，要展示给她看。张小莉表示很期待，但是她说泳池里都是水，是不可能看剪贴簿的。我说，反正会有机会。她点点头。

最后一天的内容是考试。从浅水区的一端游至与深水区的分界线，正好二十五米。两人一组，两个泳道，一起考试。那天，家长们都来了。我记得结束后我爸爸对我的评价是"游得很快，姿势也好看"。

我自然是和张小莉分在了同一组，考试的时候，我比平时用力很多，到终点时，已经耗尽了体力，扒在浮标线上喘了许久，而张小莉比我慢了好几秒。

我们回到起点处，张小莉显得有些沮丧，她说："比你晚了好多。"我试图表现得谦虚，不知该如何回应。张小莉却已经想到了其他事，她突然兴奋起来："后天晚上七点有个地方放露天电影，你要不要去！"我从没看过露天电影，十分好奇，便连连点头："在哪儿？""育英小学，我朋友告诉我的。""好，我去。你也去吗？""去。对了，你可以把剪贴簿带来。""好。"张小莉又笑了，她笑完总会朝着旁边的远处望一会儿，可能在遐想。

这件事的结局我已经讲述过了：露天电影并没有放映，我也没有见到张小莉。我的爸爸开车送我去育英小学，妈妈也陪着，他们似乎很重视这件事，并称之为"约会"。说到这个词我爸就笑笑，拍拍我的脑袋。而当时我总把约会与谈恋爱联系起来，所以有些抗拒。爸爸问："小姑娘叫什么名字？"我说："好像姓张吧。"

当我们找到育英小学时，是一片灰色外墙的教学楼，没有任何热闹的迹象。我安慰自己露天电影可能在教学楼后的操场举行，于是我爸爸问保安，这里有没有电影。保安背着手，摇头说："没了，昨天和前天放过了，今天不放了。"我极度失望，朝四周看了看，并没有其他人，张小莉也没有来。那时正好七点，我爸爸说："她是不是耍你啊。"我争辩道："不会的。"

这个结局令我伤心了不少日子，我没有关于张小莉的其他信息与联系方式，所以并没有想到还会再次见到她。需要抱歉的是，我没有能力将数年后我再次认识张小莉的奇妙写出来，因为这期间的时间是难以被再度创造的。

事实上，张小莉和我读了同一所初中，但我却是经过别人的转述才得知她就是那个"姓张的小姑娘"，尽管在那之前我就知道有这么个人存在。更让我觉得惭愧的是，任凭我多么努力地回忆，整个初中时段关于张小莉的确凿的画面我只能回想起一个来，其他的都是不确切或者回过头捏造的。

这个画面就是她独自坐在"大桥三线"公交车上看着窗外发呆的场景。但我想，我可以重复利用这个场景，将我初中对于张小莉的记忆都安放在这个场景里，我想，这都是可以成立的。这并非是一种虚构，而是我不得不粗暴地打捞出记忆时的可行手段。为了使每次之间有所区分，我可以改变我在车上所处的位置。

张小莉坐在公交车上唯一一个反向的座位上，那是一个靠窗的单座，头顶就是车载电视。张小莉看向窗外，微皱着眉毛。我和朋友坐在后排的双人座上，她小声和我说："喂，张小莉说你们小时候就认识了。""啊？"

"她说你们一起学过游泳。"说完她不怀好意地笑了笑。我足足愣了憋一口气的时间，最后说："原来是她啊，我只记得她姓张。"

另一次，一个张小莉班上的男孩同我坐在公交车的最后一排。他碰了碰我的手臂，用下巴指了指张小莉说："你看，她多忧郁啊。"说完他笑起来，笑声充斥着嘲讽。"你知道吗，她是美女，她把那颗痣去掉，就是我们班的李新。"说完，他笑得更厉害，又补充道，"张小莉自己说的，哈哈哈。"我也跟着笑了两下，那时我已经知道她就是"姓张的小姑娘"。李新是我们班的班花，众多男孩追求的对象，我也没有例外，甚至因为表白失败痛哭流涕。李新长得很漂亮，与几排座位之外的张小莉相距甚远，我明白那只是他们班男孩的嘲笑罢了。至于那句话是不是张小莉自己说的，我并不确定。我望着张小莉，她变黑了许多，脸上确实有一颗痣，我不知道为什么在游泳池里时我从没有注意过。初一的张小莉与我记忆中的那个女孩相距甚远，完全称不上好看，虽然我对记忆中的她是否好看并无印象。张小莉的头发干枯弯卷，扎起来有些像中年大妈。其实，李新在刚上初中时，也当真有这样的一头鬈发，但她不久便拉直了。我旁边的同学笑声不止，我心里涌起了一阵对于张小莉的同情，但很快，我为我的这一同情感到极为不适，乃至恶心。张小莉始终望着窗外，她什么也没有察觉。

还有一回，我想我可能会是一上车就坐在了张小莉对面的位置，那个位置低一些，因为张小莉的位置在轮胎的上方。大约过了一站路的距离，我终于叫了一声张小莉。张小莉收回望向窗外的目光，皱着的眉一下舒展了。我问她："我们是一起学过游泳吗？"她笑着说："对啊，对啊。"似乎在叙说一件特别平常的事。我发现她的眼睛依旧很亮，依旧没有戴任何眼镜，而我在六年级时配了一副200度的。我想，她肯定一直记得我是谁。我犹豫了一会儿，最终开口道："你还记得你约我看的那场露天电影吗？"张小莉一下想起来什么似的，说："记得记得！那天最后没放成，我也是去了才知道，后来就走了，没见到你。"说完她就笑了，还低了低头。"这样啊。"我沉默了许久，有些试图将她的解释弯折扩大，等回过神的时候，张小莉又看回了窗外。

最后一次，如果存在的话，我应该坐在车厢走道另一边的位置上，那是一排侧过来的座位，面向对面，可以看到张小莉。我抱着书包，独自坐着，看着张小莉。张小莉仍望着窗外，我只能看到她三分之一的侧脸。我想她应该依旧是微皱着眉的，我想她的眼光应该依旧像一部小说的结尾，依旧清澈。我想张小莉还是我记忆里的张小莉，她此刻望着窗外，正如她在游泳池里大笑后望向远处一样，没有区别。

在那之后，我就真的再没有见到张小莉，初中毕业后，也没有听到过任何关于她的消息。李新倒是见过不少回，因为是同班同学。上个月的班级聚会上，我又见到了李新，她仍然算得上漂亮。令我意外的是，李新向我提到了"绝版收藏"，她说她上幼儿园的孩子在做一本剪贴簿，她就想到了我曾做过一本，还带到班级里给她看过。在惊异于李新记忆力的同时，我陷入了疑惑，在我的记忆里，我从来不曾把"绝版收藏"给她看过。事实上，在初二的时候，"绝版收藏"就在一天晚上被我没有缘由地撕毁了，而且我没有从中找到我藏的五元纸币，我并不记得我将它拿出来过。这又是一件莫名失踪的东西。我想，难道撕毁"绝版收藏"和李新有关系，但我很快否定了这个想法。不管怎么说，它已经不存在了，着实可惜。

而与"绝版收藏"不同的是，那个埋藏有迅猛龙的黏土块始终没有被打开过，时至今日，它仍然躺在我家书房的某个纸箱子里。我曾无数次地想打开它，在我自认为的某个人生节点，我总会想，把它拆开吧，是一个仪式。但我转念又觉得，也许这次还不够意义重大。次数多了，也就不再愿意拆开它，我想它就应该永远保持那样。那只迅猛龙的骨架，就像一具真正的恐龙化石，永远被定格在很久以前的某个时间上，如同一场熄灭了的露天电影。

2017.8

乐高小镇

抵达乐高小镇的方法类似于寻找一个重心。有的人在下颌弹响时就能发现它；有的通过盯上一只昆虫，目睹它的蜕皮；也有的更辛苦，需要毕生的练习。

但无论如何，最终总要经过一条隧道，那是加载进度条的过程。在隧道的尽头，悬挂着一块二乘二的黄色积木，取下它，迎接某个仪式，就是乐高小镇了。所谓某个仪式，要根据在小镇外的所作所为来定，每个人都不同。但通常，都是舍弃一些什么，再被一些什么覆盖，部分人会经历写就，或者歌咏。

要记得一件事，乐高小镇一旦进入，就没有了范围，隧道也成了它的一部分，隧道的那头仍是它的一部分，小镇只是一个提法。没有人在失去重心时是原路返回的，所以如果你想离开乐高小镇，就得另图他法。不过，至少到目前为止，还没有任何人想离开这里。

许多人都喜欢在进入小镇后首先折返回隧道检视一番，没有人能解释这种共性，像是一种原始遗留的生理本能。如果在凌晨的时候回到隧道，会见到一排洒水车停在两旁，将水管接在墙壁上，从某个口子里汲取水源。司机们通常会光着膀子守着他们的车，你路过时会得到他们的致意，他们扶着车门，目送你一段距离，大多数情况下会笑。

"新来的吧，到处转转。"就是这么个意思。

我们是开着一辆皮卡来的，路上激起了些什么，但没来得及回头看。大家都很兴奋，张扬得很，换句话说是冲着的，不愿意因为回顾打乱节奏、低下来。穿过隧道时，我们朝洒水车的司机挥着帽子，他们其中一个招呼我们过去。李提就翻下了车，他轻便地落在地上，我们用了一个急转弯调头刹车。李提径直走向司机，一个粮草征收人的模样。我们待在车上，在远处观摩。

李提回来时，揉着手肘。"来得不太是时候。"他说，"鸵鸟在休息。得等。"

"多久？"提问的是许国强。

"不好说。整数吧，那个人说的。"李提回头看看司机，"我们可以先转别的地方。"

李提说完这句话，我们四个错落有致，老发拍了拍车门，打着几个节奏。我注意到对面壁上的一个灯在闪，节奏和老发的敲击对应。我想了想，没说这件事。这种事太常见，说多了就像总在掀起，没必要，有时保持平整光滑就好。

"怎么办，去哪儿？"还是国强问的。

李提没搭理许国强，他走了神，也在看那边闪的灯，我发现了。

"那个司机没提建议吗？"老发说，停下了击打。

李提回过神，灯也不闪了。"没有。"他说。

"上车吧，先开着。"老发说着发动了车，李提上来，我们调头开出隧道。我回头瞧了一眼，洒水车的司机没忘记履行他们的目送，还带笑，有微风声，灯又闪起来。

我们沿着路一直开，很快天就有些亮。经常有些鹿从道路的一边窜向另一边，老发从不踩刹车。许国强有时会被吓到，李提就告诉他，鹿都是算好距离的。许国强不信，李提就和他说起自己学倒数学的事，他说所有事都有一个倒计时，掌握了所有这些倒计时，你就能倒数。人喜欢正着看，其实预料得倒过来。动物就是这么活的。世界就是混沌，就是倒数。我和老发从后视镜里看到许国强听得入神，笑个不停，许国强就知道他被骗了。

"鹿可怜。"他说。

我们不响。太阳适时地出来，填充了一些沉默的空档。为什么鹿要窜出来，为什么我们要找鸵鸟，为什么是许国强在问，为什么灯会闪。思路像在毛细血管里穿行，嗡隆隆，模糊又黏稠，我想了想，就减弱了，有些困。

醒来时，我们的车停在路边。老发和李提在路的另一边，我发现那底下是山崖，远点是海。许国强躺在车后面，"这是张小莉家。"许国强说。我看向右边，看到坡上有栋房子。"我就知道老发要来，他才不是来找鸵鸟的。"我没回应国强，下车走向老发。

老发很疲惫，起了褶。李提点着根烟，两人都不说话。这种沉默是坚实的，像疤，不好揭开。我翻过护栏，沿着山崖往下，不是太陡。"小心点！"李提对我喊。我举出一个 OK 的手势。山崖上的岩石布满孔洞，大小不一，成为一些巢穴或通道。我凑近其中一个，从里面看到了山崖的另一边，很远，但能辨认，是只野牛。我曾在电视上看到，野牛可以听出或闻出结冰河面上的裂缝，我用手堵上洞口，担心它注意到我的观察。不应该去打扰野牛，不要分散它的注意。

我抬头发现老发和李提已经不在了，而我继续往下。我带着一种引力往沙滩走，那种引力始终催促我回去，在我心里搅得很紧，我加快步伐以克服这种感觉，回去需要登上山崖，想到这里我便更加难受。

"上来吧！"

我听到许国强的声音，惊喜万分。回头看去，许国强站在护栏后向我挥手。我选择原路返回，因为忍不住想再看一眼野牛，那个洞还在，我望过去时，野牛变成了两只。我的心情大好，拿出小镇入口时取下的那块积木塞进了洞里，接着更快地爬上去。老发和李提已经回到车里，我一上车老发就发动了。

"我敲门了，没人。"老发说，像是给出一个交代。我回头看看李提，他摇摇头。

有一秒，我想向他们提起那个洞和野牛，但最终还是放弃了。这种放弃比说出来更让人累，它其实是把累摊开了，又没有覆上任何装点。可确实没什么好说的，就像路被开过就被开过，没有动静，尽量把起伏降到最低，它是最眼前的东西，但它不想引起注意，只想赶紧成为过去。语言是最自恋的事物，像疯狂窜过的鹿，妄图引起注意。我想起了许国强，他说鹿可怜。我回头看他，他问我："现在去哪儿？"

我们沿着海岸线开了一段，又进入了山里。有些梯田从山上排下来，穿插几间房屋，到处是身体，有些明显在发困，但困意蔓延到窗口就停止了。窗户里探出几个小孩的脸，他们在努力逃脱午睡。这是和几代人的习惯作对，往后他们也要成为那几代人。雾在梯田上爬，每上一层就更稀一些，最后的胜利者在顶上被一些女孩捕捉而去，放进罐子里，成为送给情人的礼物。中年的马被拴在最底下的一根电线杆旁，不时凑近闻一下自己的前蹄，有人路过它便停止这一动作，甩一甩尾巴。它用脚将泥土挤出水来，直到闻见主人离开前在这里流下的一滴汗。

再往后，李提说要去雕塑那儿看看，最有名的那个。许国强鼓掌叫好，我没有异议。老发嗯了一声。

所有的都是轻盈的，在乐高小镇中心的雕塑身上，没有力量体现。它是用最深刻的岩石雕琢而成，但几乎令人感受不到它的存在。最轻的鸟也无法停歇在上面，它们踩不住它。

"美啊！"许国强几乎是吼出来，"我们别走了，这儿真好。"

"没人会离开这里的。"李提说。

雕塑卸去了所有人离开小镇的欲望，也包括我的。如果在乐高小镇住下，我会同过去所有的女孩告白，用我在山崖上看到的洞，我告诉她们，我在洞的那边看到了她们。语言的唯一作用就是说谎，我乐于把它用在最值得的事上。

老发躺在车上，拿帽子盖着眼睛。他不想看见雕塑，他还想着他的图书馆。我们都明白这一点。

李提爬上了雕塑，这是我们都没有想到的。

"快下来！"许国强在下面边跳边跺脚。雕塑的周围不止有我们，人们都注意到了李提。来了两个穿制服的人，他们架上梯子，准备接近李提，却无能为力。没有人知道李提是怎么爬上雕塑的——那应该是不可能的事。但我想他一定为此准备了许久，甚至暗地里练习了许多次。这是他计划之内的事情，李提就是这样的。我甚至开始怀疑，李提是故意骗我们不能去找鸵鸟，好让他能先爬上雕塑。李提在雕塑的顶上待了十分钟，最后自己下来了。穿制服的人问他是怎么上去的，李提不肯说，他们只好把李提批评了一番。

李提回到车上，许国强问他怎么回事。李提只是笑。老发只管发动车。

路上，李提笑得不停，我和老发也笑起来。许国强有些不解，李提让他回想刚才雕塑下那群人的表情，许国强也就很快笑起来。

有火车从我们旁边驶过，长痘的男青年把手伸出车窗，环绕起一个弧度，说不清在拥抱什么。有一个车厢里坐的全是老人，像一个庞大的无声乐团，暗暗的，发青，一种有历史感的宁静。他们散落地坐着，相互间的空隙没有任何杂物，偶尔有一些年轻人从这个车厢穿行而过，大多是情侣。"有些潮湿。"一个姑娘对她的爱人说，被我听到了。最后几节车厢在发酵，斑驳而蓬松。他们即将从前面的列车后剥落下来，独自停在一个随机的场合，走下车后，有人选择定居，有人会迈入深山里。所有选择都是临时的决定，如果要留下观赏泥鳅，他们就不会再想着远处的什么未知。挖掘塑料的人，也不会制造玩具，他们都只关注一件事。

我凝视着火车驶离后的空档，感到一种晃动，是挤压或者空洞，我很难说清，它摇摆不定。路在这时有了分叉，许国强说走左边的那条。

路面有些颠簸起来，我本能地躲避。

我们停在一片沥青地上，周围都是树林，不远处有一条飞机跑道。

"这是哪儿啊。"许国强把车门一甩，下了地。

"你带的路。"李提显得不太高兴。

许国强独自往跑道那儿走。"喂，你们快过来！"他远远地招呼我们。我们拖拉地下了车。

许国强站在跑道边，跑道的起点停着一架老式双翼飞机。

"老发。"许国强回头喊道，"帮我检查检查它还能不能开吧！"

我和李提齐刷刷地看向老发，老发叹了口气，就走向了飞机。许国强兴奋地跟了过去。我和李提慢慢地往前挪了两步。老发在飞机上检查了一番，回车里取了一些工具来，折腾一番后，对国强点了点头。许国强爬进驾驶座里，飞机吭哧起来。

"帮我推一把！"他朝我们喊。

我和李提一人推着一边机翼，往前小跑起来。许国强坐在驾驶室里欢呼，飞机滑行的速度很快提起来了，我和李提停了下来。

"等等！"老发在一边喊，"发动机冒烟了，停一下。"

许国强没听到老发的话，飞机已经微微离地。李提赶紧跟着飞机跑去，他跑得很快。在飞机向上扬起的一瞬间，他跃上了驾驶室，把许国强拉了下来。两人稳当地落了地。我想起李提在隧道里翻下车的情景，有些明白了他为什么能爬上雕塑。

我和老发跑向两人，飞机已经朝天空飞去了。许国强喘着大气，还没回过神来，天上传来响动，我们向上望，是一个火球。

飞机零件七零八落地往地上掉，浓烟别扭地伸向了四周。许国强抓着李提从地上站起来，李提说："真壮观。"

我看向老发，他沉默不语，眼神有些闪烁。我知道他一定想起了他的图书馆被爆破的那天。

周围的树林里飞出了许多鸟，它们没有飞走，都停在飞机跑道上，像地震后的人们。它们面面相觑，挪动着短小的步伐，交换一些信号。我觉得它们有数十年没有见到彼此了，一种清凉在其间流淌，许多平整的东西都被掀起，几个世代的冷静都被冲破，火球显得不值一提。这些白色和灰色的鸟制造出一种强大的共鸣场，仿佛一个宏大的腔体，将我们囊括进去。它们的脚踩出笨拙和轻悦的节奏，又中和了一些浓烈色彩。鸟们碰撞彼此，以确认此刻的真实。

许国强最喜欢鸟，我们四个都在此刻不做声响。我似乎又率先抽离出来，这一次，我决定由我来打破沉默。

"好了。"我开口道，"我们该去鸵鸟那儿了吧。"

老发、李提和许国强转头看向我，我难以从他们的眼神中读取什么，太过庞杂也太过空旷。他们都没有说话。我很自信地看着他们，确定不用再重复一遍我的提议。他们三个互相看看，都没有给我答复。

于是我穿过鸟群独自回到了车上，等待他们做好准备。我决定小睡一会儿，希望醒来后，我们就已经抵达。

2017.8

铁圈少女

坦诚地说，我已经完全不记得我第一次和周一交流的场景。大部分的回忆都存在被翻找后重新覆盖的嫌疑，它们起先闪烁，然后逐渐冷却，所以我认为掺杂一些虚构也未尝不可。比如这样来说：一年级时的某个放学后，我们都在学校的小操场等待校车。周一正在滚铁圈，这在我看来是一个相当困难的动作：保持平衡并不是最难的，我始终无法掌握的是如何控制速度，我永远不会减速，只能越来越快，直至追赶不上它。

周一的铁圈滚得很好，铁圈上的几个小铁环发出生脆的响声，使我不得不注意到她。她比我高一年级，长得比同龄人高，也比周围的人好看。

我从本子上撕下一页纸，在花坛里刨了些土，混着小树枝、杂草和小石子包进了纸里。我把纸揉成一个团，就制成了一个炸弹。炸弹快制作完成时，教美术的方老师突然出现，她挂着"执勤教师"的牌子，问我在做什么。我说我在做炸弹，攻击周一。方老师说我应该好好画画，别做这些发明创造欺负同学。我没听她的，尽管她对我很好，还把我的画选入了学校的画廊，但我依旧觉得我在履行正义，旁人不应干涉。我带着炸弹悄悄来到周一身后，她正带着铁圈往前跑。我瞄准了她的书包，把炸弹抛了出去。正中靶心，但炸弹并没有完整地炸开，至少有一半的火药留在了壳里。咣当咣当，铁圈倒下来，周一不悦地转过身子，瞪着我，质问道：干吗！

我没说话，方老师摇摇头走了。周一的怒目圆睁让我浑身布满了羞耻感，仿佛经历了一次贤者时间。我盯着她的大光明，想不出回答，最后跑开了。

很快，铁圈的声音就恢复了，之后我再没和周一有过什么交流。唯一还记得的一次，也应该是最后一次，是在秋季快结束的时候，那段时间我总是没来由地想到我妈妈下班骑自行车的情景，我很担心她出车祸。我想象我妈妈穿着黑色的呢子大衣，裹着深红色和深蓝色相间的围巾，戴着眼镜，骑着自行车，然后便想象到她出了意外。紧接着我就会哭，我至今也不知道这是为什么。

还是一天放学后，我又想到了这个情景，就躲到教学楼后面哭。哭到一半，校车到了，我擦了眼泪，往回走。拐过转角时，我碰见了周一。她有些皱着眉地看着我，我确信她看出了我刚刚哭过，但我丝毫没觉得不好意思，这对一个小男孩来说不是件寻常的事。那天我坐在车窗边，始终注意着旁边的非机动车道，生怕错过某起车祸。我下车时，周一已经不见了，她比我早到站。那之后，我就不记得我还见过她。

与周一一同消失的是关于滚铁圈的记忆，我没有再玩过这种游戏。我清楚地记得，初中运动会的时候举行过滚铁圈比赛，但碰巧的是我一次都没有亲眼看见过。

初中时，有个和我来自同一所小学的学长，我俩在学生会工作时认识，我叫他大牙。他见我第一回就问我，你记得吗，我们打过架。我说不记得。他说，我们曾经一起坐校车。我就想起来了，我的确和他一起乘过校车，他比我还晚下车。大牙接着说，我们打过一架，在车上。我摇摇头，说完全不记得。但我脑海中出现了我们扭打在车站的情境，我不知道这是我的记忆还是我的想象，从逻辑上来讲，我们不应该出现在同一个车站。我对大牙说，我只记得我有一天痛骂了校车司机，因为她不让我在车上讲话，还把我叫到前面站着，我下车时骂她王八蛋，我爸爸来接我，拉着我不让我骂司机，但我边骂边哭，骂得声嘶力竭，我记得那天我爸并没有怎么批评我。大牙说他不记得这件事了，但他觉得司机把我叫到过道上站着很危险。我点点头，不然我怎么骂她王八蛋呢。

我没有问大牙任何关于周一的事，因为当时我并没有想起这个女孩。也或许她在我脑海中闪过了几次，但我都没有留意把她作为话题。事实上，周一被我遗忘了很长一段时间，我觉得整个中学时期我都没有怎么想起过她，因为没有什么想到她的理由。不过我想，绝大多数的回忆都不一定需要什么理由才能被提取出来，我也不可能准确地说出中学的几年里我具体想起过什么或者没想起过什么。"想起"本身是一种不太好被记住的行为，这就使得被想起的事物总是很迷人。当一件事情彻底被你忘记时，你就不会再想起它，也根本不会觉得你把它忘了。就比如大牙说我们俩打过架，我就无法分清那个画面是记忆或者想象。这件事从未被我自己想起过，而当它从另一个人嘴里说出来时，就并不让我感到迷人。我无法判断这种遗忘是否可惜——这就有点像我觉得香菜难以下咽，从而无法体会到香菜的美味一样，是个悖论。

我再次想起周一，是去年暑假的事。这一次想起被我牢牢记住了，因为它包含有我努力的成分。

八月的时候，我和几个同学去往四川支教，同时被要求拍摄纪录片。那是所山区里的小学，校舍就是一栋二层民宅，有三个年级，两个老师。有个男孩很调皮，我已经不记得他的名字，他穿着一件印有赛文奥特曼的旧 T 恤，姑且可以叫他赛文。在我们待在村子的短短几天里，赛文是最抗拒我们镜头的一个，他总是要求我们关掉摄影机，甚至会检查我们的手机是否录音。好在赛文似乎很喜欢我们中的一个女同学，他留了她的电话，放学后总发来全是错别字的短信。赛文告诉她，他们很不喜欢来这里支教和拍照的人们，因为他们总是很快就会离开，不再回来，还会把他们的照片放在网络上。那位被赛文留了电话的女生每次都不知道应该如何回应赛文的短信，我们离开后的不久，她收到了赛文的一条短信，赛文说："我想你们了。"她当即就哭了出来。

令我想起周一的不是赛文，是另一个女孩。她口中的赛文是一个十足的坏蛋，总是欺负她和其他的同学。我们在支教的第一天让他们写下他们的理想，女孩写的是成为军人，保护身边的人。如果我记得没错，女孩名叫文茜。文茜长得很漂亮，只是皮肤有些黑。采访她时，她显得很害羞。我同学指着我对文茜说，这个哥哥觉得你很漂亮。她就更害羞了。那天放学时，文茜跑到我的身后，塞给我了一张她折的爱心，上面写着："哥哥，你一定要快快乐乐的哦。"

晚上，我辗转反侧，因为我始终觉得文茜的样子很熟悉，但想不起是谁。我努力回忆，而周一就是在这时被我想起的。我无法辨认是因为周一确凿和文茜很像才使我想到了她，还是我突然想到了周一从而觉得她和文茜很像。也许是她们俩都比身边的人高，才会让我有这样的错觉。可这样的念头一旦产生，就成了某种事实。她俩真的很像——这就是事实，存在于这个现实的一个迷人的巧合。仅有的区别只在于，周一是大光明而不是齐刘海。还有，我记忆中的周一是二年级或三年级，而文茜已经五年级了。我回想起周一滚铁圈的样子，和文茜下课时玩捉迷藏的模样如出一辙。

那晚我没有做梦。

第二天是我们离开学校的日子，我赶早去几里路外的集市买了一副铁圈和铁钩，把它送给了文茜，我没想到真的可以买到。我对文茜说，我小学时有个女同学，叫周一。我不知道她的名字到底是哪个字，只是听老师念过，可能是依赖的依，也可能是艺术的艺，但我最后决定叫她一二三的一，因为周一听起来是星期一的意思，我觉得很好玩。文茜听后，重复了几遍周一的名字，然后对我笑了笑。接着她举起铁圈和铁钩问我怎么玩，我说，你把铁钩抵在铁圈的后面，推着它跑就行了。

文茜就这样滚起铁圈来，在失败了两次后，她很快就掌握了窍门。这里卖的铁圈上没有小铁环，也就发不出那种生脆的响声，但文茜的笑声要比我记忆中的周一爽朗得多，文茜把铁圈围着学校滚了整整一圈，她回到我面前和我说，真好玩。又把铁圈递给我，让我也试试。

我接过铁圈，来到路上，小心地把它滚了出去。我笨拙地拿着铁钩在它后面追赶，仍然不会如何去控制它，当我决定停下它时，铁圈由于下坡加速了起来，我已经追赶不上了。文茜跑到我身边，和我一起看着铁圈一直往前滚去，没有丝毫停下或倒下的迹象。我看着铁圈发愣，我从来没见过它能滚这么远。

文茜突然叫了一声，我侧头看去，赛文正哈哈大笑地跑远，而文茜的身上散落了不少尘土。

"王八蛋！"文茜说，"他又丢炸弹，我得收拾他！"说着，她夺过了我手中的铁钩，挥舞着朝赛文跑去。我看着跑远的文茜和赛文，他们跑到了学校那栋小楼的背后，只剩下吵闹的声音。

我回头望向路的尽头，那只铁圈还在不停地向远方滚去，谁也不知道，它为什么能保持着奇迹般的平衡与动力。

我可能没法停下它了。望着自己空空的手掌，我如是想到。

2017.7

工地食堂仪式指南

1

自传的扉页印着一句话：我活得像一本书，每道缝隙都是死亡，每个字都是诞生。

自传漂泊在工地周围的护城河里，它总不偏不倚地漂泊在河的正当中，拐弯时也不例外。护城河有两米宽，自传就是桥。你迈开腿，保持平衡，一脚踩上去，再拔起另一只，把自己安放在自传上——它不会沉，它的存在就是为了撑得起一个人。

跨过护城河后，挂在工地门口电线杆上的标牌就能看得更清楚，那是一块努力方正的三合木板，被涂抹成欲盖弥彰的白色，上面书写着两行字：工地食堂对外开放，自助餐一元一两。

从入口向里望，是见不着人影的，你得转过身子，背对着工地，一步步往里退，才会有工人不断地步入视野。他们都看不清脸，在变幻着。退得越往里，你就越置身于一种白色，白得有些飘灰。这种退会在食堂门口停止，是被吓停的，因为你的肩膀被拍了一下。你回过头，发现一位诗人正笑着盯着你。没有任何迹象表明这是一位作诗的人，但这就像某种先天的直觉，是一种固有的存在。他说："等候你很久了，请进吧。"

于是就进来了。

2

食堂拥有一张长桌，延伸到目所不能及的地方。

食堂里也是白色的，但与工地的白色不同，泛着一点黄，可能是土地的反光。诗人穿着亚麻的袍子，把我领到桌前，桌上垒砌着一座座食物小山，它们都被放置在巨大的白色盘子里。食物是一种因为空间的预设而被一概而论的称呼，事实上它们显然不都是食物。诗人递给我了一盒烟，白色的烟纸，里面裹着相当致密的烟叶。"饭前抽烟？"我问。"这不是烟，而是一个间隙。"诗人说，"当你每吃完一种食物，就抽上一根。这一盒间隙有一两重，所以你需要先付我一元钱。"于是我便掏出一枚硬币，诗人接过后，就带我到一旁的水池洗手。

水和屋外的阳光一样凉。

缩回手。低头看着水珠滴落在地，你能看见它们渗进了脚印下的土尘里。

3

第一道菜：蛋壳。

"几两？"诗人问。我探了探口袋，说："先来一两。"说罢掏出一枚硬币。诗人用秤盛着蛋壳举到我面前："一两遗弃。"

我端着一碗蛋壳，不知如何下口，但又不便发问——会显得孤陋寡闻。"遗弃的正确吃法，是把它找回。"诗人说。我这才确定，他把这道菜称为遗弃。诗人果然是诗人，说起话来总是留出一段空白的尾巴。

我问诗人："怎么找回？"

4

诗人开始写书，是在他意识到死亡的那一刻。他出生在这个工地里，父母从未出现过。这片工地里灰尘很大，到处都扬起白色，致使能见度很低。所有的工人都穿着白色的工装，来往在其中，但他们没有图纸，没有一个工人知道他们究竟在修筑什么，也没有人知道竣工的日期。

工人们第一次有目的地建造，是因为一只鸟。那是在一个早晨，诗人漫步在工地，被几声响动所吸引。这种响动很特别，空间上像一种叠，在色彩上则如一种泉。回过头去，不太容易找到这个声源，你需要仔细地搜寻，终于发现大约二十米远的地面上有一只鸟。你走过去，为它所震惊。

那是一只灰色的鸟，脊背上有一道白线。你分不清鸟的品种，你甚至都不知道它应该被称作一只鸟，因为你从未见过鸟，工地始终只有工地。

"太美了。"诗人说。这是一句普通的话，不像诗人说的。

于是蹲下身子就试图去触碰它。可当你伸手的那一刻，鸟儿就扑腾地飞走了。还是那一种叠和泉的动响。望着飞向远处的鸟，感觉到了风。诗人爱上了那只鸟，至于是在看到它的那一刻，还是它飞走的那一刻，就分不清了。

诗人低下头凝视着刚才鸟儿停留的那方空白，发现了几粒白色的米饭，是它们引来了鸟。诗人站起身，指着脚下的地面，朝工人们说："我们要建一座食堂，在这里。"

食堂修得不慢，这是工人们第一次修建完成一个建筑。当食堂竣工后，诗人忽地感受到一阵战栗——是一种他从未体会过的感受，一种终结的感受。这片工地从未经历过某种终结，没有建筑真正完成过，诗人也从未走到过工地的边界，从没数清和认清工地里的工人，在诗人的脑海里，一切都从未有过完结，一切也都没有完结的概念。但食堂的完成打破了诗人的这一幻想，一个过程结束了，那么诗人自己是否也会在某一天结束。这种打击很可怕，诗人决定去抵抗这种结束，以一种仪式，一种把自己刻成隽永的形式。

于是在食堂竣工的这一天，也是他意识到死亡的那一刻，诗人开始写书。

5

我将第一个蛋壳放进了嘴里，开始咀嚼。

蛋壳在口腔里炸裂开来，粘滞在腔壁上，刺痛着舌头。我尝试吞下一块，能感受到它划过食道时留下的轻微疼痛。我试图把破碎的蛋壳吐出，却发现总是吐不干净。我想漱口，诗人却说不能。我就把余下的蛋壳也放进嘴里慢慢咀嚼，再把它们都吐出来，当然，留在口腔里的碎片有增无减。

我把一两蛋壳都吃完后，诗人把我所有吐出的蛋壳都捡了起来，从衣服里掏出一本书，翻开一页空白，他又拿出一个铁盒，打开是煮熟的白米饭。诗人轻轻取出一粒米饭，用它把一小片蛋壳黏在那页空白上。我看着诗人一次一次重复着这一行为，直到把所有的蛋壳都黏上了书页，刚刚好贴满了一整页，没有留出一丝空隙。这期间，诗人示意我抽了一根间隙。

6

第二道菜：鸡汤。

蛋壳的碎片仍然存在你的口腔里，你任何微小的动作都能唤醒它们带来的疼痛。诗人告诉你，你需要带着这种疼痛去享受后面的食物。鸡汤是你最爱的食物，它此刻被悬挂在一座鸡的骨头垒成的小山上，一个黑色的砂锅底部有一根很细的滴管。

诗人问："这是最好喝的鸡汤，你要几两？""二两。"我说。"这根滴管每十秒会滴下一滴鸡汤，你需要在不碰到鸡骨头的情况下，喝完二两的鸡汤。"我已来不及反悔，只能卖力伸长了脖子和舌头。

7

诗人从来不写诗。诗人就像是他的名字一样，而不是他的选择。不，这个比喻不是那么的贴切——取名字仍是一个人为的行为，但"诗人"不是，是一个先验的赋予。诗人没有名字，没有父母，没有一个明确出生的时间，只有出生的地点——工地。也没人见过诗人是怎么出生的，但所有工人从记事起，就有关于诗人的记忆，而且他们都知道，诗人和他们不一样：他们是工人，诗人是诗人。

工地理应有一道边界，但在食堂建成之前，没有人到达过，大家都是在建造、建造和建造，没有人想过工地有多大。建成食堂后，诗人开始沿着食堂大门的方向往前走。走到一半时，恐惧使他的双腿战栗不已，于是他转过身，就像你退进这片工地一样，诗人开始慢慢地后退。这一退是很久地退，很远地退，它源自对未知的极度恐惧和对真相的企图逃避。

诗人退了很久，始终没有退到边界。

8

我不知道二两鸡汤需要多久才能滴完，但是在那一小滴一小滴的鸡汤里，我根本察觉不到鸡汤的味道。黑色的砂锅悬在头顶，给我一种压迫，我不住地猜想锅里还有多少鸡汤，但不到喝完的那一刻，我永远无法知道。这仿佛成了一种受刑。

诗人在桌子的对面，他拿出那本书，正在为我画像。我敢保证我现在一定是一个极其夸张的姿势。不信你可以试试，如何在不碰倒那座鸡骨头小山的情况下接到每一滴小山正上方滴下的鸡汤，而且要维持不知道几小时的静止。不论你多喜欢鸡汤，这都会是一种折磨。诗人为你画像，这有些像嘲笑，就像你被他捉弄了一番。你为什么要花一元钱来这里受难呢？如果说刚才的蛋壳还勾起了你的一丝猎奇情绪，但现在这种没有止境的痛苦迫使你开始思考这一行为的意义。痛苦就是从思考开始的，而且一旦开始就没有尽头，你急得发疯，但在外表看起来，你仍然是一种静止，而且正逐步浮现在诗人的书里。

你试图转移注意力，为了避免痛苦，你开始关注鸡汤本身。鸡汤一滴一滴地落在嘴里。这种滴答声像极了钟表的流动。你忽地想：诗人是否也这样做过。你瞟了一眼作画的诗人。在那一瞬间，你发现诗人身后的食堂墙壁竟倒塌了，像是远处扬起的白色带来的幻觉。

不，用倒塌并不准确——它确实不再完整，但并非被破坏，而是正在被建造。

9

仍在退着，不存在间隙。

10

第三道菜：文字饼干。

除了门口的招牌，这是我在工地见过的唯一的文字。这里的文字饼干被堆成了一座小山。诗人说，每块饼干都很轻很轻，只比没有重量重那么一点点，而这里有无数块饼干，包含了所有的文字。

诗人说，如果我能吃完这道菜，价格也只是一。我于是掏出一枚硬币递给他，他却摆了摆手说："是一，不是一元。"我问他那我该怎么办。他说："没关系。反正你吃不完的。"

和你想的一样，这道菜也没那么容易就能吃掉。首先，蛋壳还残存在我的口腔里，提醒我它的存在。其次，诗人告诉我在吃饼干前，我需要将它们排列组合，组合成我一生中所有遇到过的人的名字。我需要先用饼干拼出一个名字，再一口气吃掉它们。诗人拿着笔和书蹲在我的身后，每当我拼出一个名字，他就在书上记下来。这令我怀疑，这本书压根就是空白的，他在利用我完成它。

这堆饼干太过庞大，是视野的集合，从中找出需要的字实在太费劲了。这其中绝大多数的字符都是你从未见过的，这是多么令人烦恼。如果你想找到某种规律，把你所有认识的人都一个不落地罗列下来，我只能说这不可能。当你想起一个人，就想起了关于他的事，便牵扯出了许许多多相关的人。你从未意识到你已经遇到了如此多的人，而这其中最难的，要数按时间的顺序捋清你们间的事情。一切看似简单，但实在过于混沌了。记忆和想象，让这些名字连接成的网比这堆饼干组成的宇宙还要庞大。

大约过了十年。你也只能完成这份工作的十分之一不到。

诗人最后说："好了，差不多了。"于是我找出六个点摆在一起，诗人把它们加在了最后一个名字后面。

11

诗人开始怀疑工地是否真的存在边界。因为退了很久，他仍没有碰到任何的障碍。这令他抱有一丝侥幸，认为界限的存在可能是他的多虑。

周围扬起的白色让他能看到的距离十分有限，但他仍能时不时地看见工人们穿行的身影。诗人想起，他从来没认全过工地里的工人，他们的脸总是变来变去，令人迷惑。诗人也从未真正地认识过其中的某一个人。我想这大概是因为诗人和工人天生不同的原因。可那样我一定会十分孤独，我始终没有尝试过去认识他们，没有打过招呼，没有询问他们的工作，他们也从不主动向我交流。

我应当去认识他们，可能这会挽回"我将结束"的事实。还有，如果我真的走到了工地的边界，我应当去写一本书。不对，如果我真的走到了工地的边界，我是不是应该离开这里？可是外面有什么呢，工地里从来没有人去过外面。只有一个，我想起来，我只见过一个活物离开工地。对，是它。

这么想来，也似乎只有那一只鸟吸引了我。但当我试图去接近它时，它却飞走了。我很爱它，我应该在这里等它，还是去找回它。

等等，什么是鸟。

12

第四道菜：感冒药。

我感冒了，为了完成这个故事，诗人给了我一片感冒药。感冒药有致幻和安眠的效果，而我吃了一两。这使我觉得我也在退，我退出了工地，欣喜与恐慌交织之余，我难以控制我习惯了倒退的双腿。就那么扑通一下，落入了水里。醒来时，我打了一个喷嚏，落水让我的感冒加重。我休息了一天，告诉我的读者："写了一半，由于感冒，延迟发表。"但诗人说，你必须赶紧写完，因为他想完成他的书，解放他的工人们。

13

第五道菜：凉粉。

一个间隙后，来到第五个盘子前。黑色的凉粉被切割成 1∶4∶9 比例的长方体，一块重一两，被堆成一座金字塔。锥形的四个面形成了四个黑色的镜子，将我清晰地映照出来。我给诗人一块钱，诗人递给我一双筷子。

我试图去夹最顶端的一块凉粉，然而却是一种超出想象的光滑，筷子在接触到它的一刻就滑过了它的整个。重复数次无果，只能尽力去寻找那一道完美的中线，你知道那有多么的困难，你必须屏息凝神，不允许出一丝纰漏。在这一瞬间，我似乎都已经忘却了蛋壳在口腔里的刺痛。隐约间，我觉察到一丝不对劲，直觉令我垂下目光，黑色镜面里的诗人仿佛在离我很远很远的地方，他推着一车砖走着，十来米后，将砖头倾倒在一根电线杆下面。他显然不在食堂，事实上，食堂的一切都不见了，从镜子里看，那是一片荒芜的空地，没有其他人，也没有其他的建筑。诗人突然像意识到我的目光一样扭过头看向我，我立刻抬起目光，却发现刚才的出神已经使我用力过猛地夹断了那块凉粉。

我于是又交出了一元钱。我再看了看黑色的镜面，里面依旧是我的脸。这次我专注地寻找着中点，放缓呼吸，享受耳鸣。慢慢地，慢慢地，一块凉粉被我的筷子抬起了一毫米的空隙，我欣喜地将它夹起，却又将它夹断。

尝试到第五次的时候，我终于夹起了一块凉粉。可困难的，是从盘子里到我嘴里的不到半米的距离。我难以保持平衡，一块块凉粉就在我眼前掉落在地。我永远得不到近在咫尺的凉粉，这令我恼怒异常，一块又一块地把硬币递给了诗人，口袋里的硬币和盘子里的凉粉一样变得越来越少，却没有成功一次。

终于，当我又一次把手探进口袋里时，只抓到了自己的拳心。硬币没有了，盘子里剩下的凉粉，是一片残破的废墟，无法再照出我的样子。我生气地丢掉了筷子，一拳打在餐桌上。

14

"砰"的一声，诗人撞上了一根柱子。

诗人怔住了，他以为他撞到了一堵墙。待他颤抖着转过头，却发现除了这根柱子以外，什么障碍都没有。这是一根废弃的电线杆，诗人抬头向上看，看到了一个鸟巢。诗人爬上电线杆，鸟巢里空空如也，他取下鸟巢，下来后，找来了一块木板和两桶油漆，做了一块招牌，挂在了电线杆上。

这里就是工地的边界了。诗人自言自语道。他不想再向远处走，就转身往回去了。往回的路上，诗人隐约听见身后传来了水声，但他没有回头。

15

第六道菜和第七道菜：饭与蛋。

口袋里没有了硬币，你似乎只能选择离开。诗人却拦住了你。他说，剩下的两道菜不用你付钱。

第六道菜是饭，在一个大盘子上放着一个空碗。诗人把书打开，翻到一页空白。你仔细一看，才发现那不是空白，而是那一整页的蛋壳碎片。诗人说，把所有的蛋壳取下来，每个碎片后的米粒就组成了这碗饭。你于是剥下了一个碎片，小心翼翼地将它背后的米粒放在碗里，把碎片放在盘子里。这一工作烦琐却丝毫不令人烦躁。每剥下一块碎片，都会觉得自己变得轻盈了一些。

最后一片碎片被剥下后，一碗饭就形成了。诗人递给你一把勺子，你吃了一口。那是一种难以言喻的感受，你能清楚地觉察到每一粒米饭细微的不同，这种超乎寻常的敏感体验让你的口腔取代了你的大脑。味蕾在思考，通过味觉回忆和想象。这样的米饭只存在一碗 —— 吃完最后一口时，你凝望着碗底，意识到了这一点。

诗人将碗拿到一旁。指着一盘子的蛋壳碎片说："这是最后一道菜。我会将你所有的硬币还给你，但你不能吃这道菜，这道菜是你为我做的。"

我点了点头。诗人接着说："你要把这些碎片重新拼成一个蛋壳，留出一个孔，把硬币装进这个蛋壳里，再想办法封上它。"说完，诗人就撒下了一把硬币。

我拿起两片碎片，把它们拼在一起，缝隙就消失了，变成了一片。我估算了一下碎片的数量，确立了蛋的大小，就开始着手一片片地拼起来。这项工作令我投入，很快地，蛋已经成了形，它比鸡蛋要大出不少，颜色是青灰的，我在顶部留出了一个比硬币大一圈的孔，接着把硬币都放了进去，刚刚好。

但我不知道应当怎么将它封住，我企图寻求诗人的帮助，可环顾四周却发现诗人已不见了踪影。整个食堂空空如也，我立于一张两端不见头的长桌前，桌上只有我面前摆着那颗蛋，仅此而已。我咂了咂嘴，口腔里的一丝刺痛提醒了我应当怎么做。

我伸出食指，小心翼翼地将残留在嘴里蛋壳碎片搜刮下来，让它们成了这颗蛋最后的一部分。

16

诗人推开门进来。他带回来一个鸟巢。

诗人看着桌上的蛋，以一种新奇的眼光检视着它。他小心地将蛋放入了鸟巢里，并示意我往后退。

在我们的注视下，那颗蛋缓缓地裂开了一道缝。接着，一只脊背上有一道白线的灰色小鸟就从那颗蛋里诞生了。

17

"鸟飞出了蛋壳，接着飞出了食堂。"我在故事里写道。于是，那只鸟便飞出了蛋壳，也飞出了食堂。诗人慌乱地追去，看着那只鸟再一次往天空飞去，消失在这片工地。"它死了。"诗人回到食堂，对我说。说完这句话，他把自己的书吃下了肚。

我离开了食堂。一边后退，一边写下这个故事，这是另一本书，也能算作一部传记。我后退着，没看见诗人，而工人们仍在穿行，他们推着砖和水泥，在扬起的白色里建造着。

当我再次看到那根电线杆时，我就退出了这片工地。我写下关于这个故事的最后一个字时，工地里的白色终于散去。一切的一切都变得清晰可见起来，工人们终于完成了他们的建造，他们也终于看清了自己究竟在建造什么，那是工地的围墙。

转过身，护城河出现在面前。现在你已经很清楚该怎么做了。你合上这个故事，把它放进护城河的中央，一脚踩上去，保持平衡，再迈上另一只，它刚好能撑得起一个人。

跨过护城河，你往前走去，远离了工地，身后传来轻微的水声。你没有回头，你知道这本书正在护城河的中间漂泊着。

2016.9

迭代之行（三）

八月二十六日

旅店

　　新的城市在溢进火车站前被拦住，遗留的明朗逐渐镇定下来，把燥热压成低音，之后变得像凌乱的国际象棋。出了站，李提扶正路边的一个棋子，说这是接我们的车。阿光最后一个上来，他说出于日光，可以与我们同行。

　　背景慢慢饱和，面孔不再轮流出现，都独自成立了。其中有几个令我印象深刻，我预计他们会成为一些重要但细碎的记忆道具，日后将被摆放进不同场景，营造出一些决定性瞬间，甚至成为个人史某一卷的封面。

　　老发一路上都在拍照，此前他从未这么做，我甚至不知道他带了相机。天空中也第一次出现云，大概是由于这是一座海港。李提同司机攀谈，讨论车里的装潢。这辆车由卡车改装，一条直径半米的软管联通了驾驶室与货箱，可以爬行。货箱有许多窗户，在车尾处还有一小片露天的区域，阿光就站在那儿。马大在软管里爬来爬去，他从小就想拥有一辆房车，但我估计软管的创意连他也不曾想过。马大靠着管壁坐下，随着软管颠簸摇晃，他用食指在面前的管壁上左右滑动，我猜他在想象一些全息的屏幕。

到酒店时，我们险些把老发落在车上。他在一个角落睡着了，是张小莉想起了他。

老发睁开眼睛，四下看看，突然直起来：我的相机呢？我们翻遍货箱，一无所获。许国强把老发压着的垫子掀起来，底下有一个洞。老发说，不对，洞太小了。李提却说，不，刚刚好。老发说，你都不知道我带了哪个。李提说，我知道，我刚刚从后视镜看到你在窗口拍照，真的刚刚好，就是从这儿掉的。老发不响，呼吸声变得冗长。司机从软管探出头来，催促我们下车。我看见老发握了拳头，把指缝间的空当慢慢地挤出，直到推开车门，才又让附近一圈的氧气统领了他的整个身子，他明显地调整了自己肺里的钟摆，否则左脚落地时不会滞后那么几帧。

马大和许国强研究起大堂的墙砖，经理说这座酒店经历过一次搬迁，老板坚持使用同样的结构和材料，于是他们小心翼翼地将原来的每一块砖都拆解、编号后运到这里，再依次组装，最终形成如今的样子。我想起老发曾说要复制曲阳图书馆的事，他甚至找来了专业的电影置景团队。一个叫索哥的道具师，那天下午拖来一车灰色的地板，说是一个剧组用剩下的，正好符合老发的要求。索哥拿出砂纸打磨地板，并告诉老发这叫"做旧"。老发当即放弃了复制曲图的计划。这是赝品。他对索哥如此说。

酒店所剩的房间不多，经理提议让我们上楼看房后再决定。

电梯是老式的，铁栅栏门需要手动关合，一名女服务员给我们引路。上升的过程中，她问我们为何而来，接下来去哪儿，要待多久。我们一一作答。张小莉选择了一间能看见海的房间，回到前台办完手续后，那位服务员再次领我们坐电梯。她以同样的语气问我们为何而来，接下来去哪儿，要待多久。我们又一一作答。回答里掺杂着一种勾引她发现这种重复的意味，然而她依旧保持了节奏和反应的完全一致，甚至是眼神的方位，每一个节点都如出一辙。这家店里的人都喜欢复制。阿光说。我们大笑。

房里，张小莉从床上捡起一支玫瑰，她把它收进箱子，又从我的包里拿出一个极小的金字塔模型摆在桌上。我将阳台的门开启，巨大的海风把屋子清洗一遍之后退回了不远的港口。一只袜子从我面前落下，应该来自楼上。星期五从洗手间出来，他说他喜欢这间屋子，还说想吃些海鲜。

堡垒

钓鱼的人甩出一个巨大的弧形，勾起浪，俯冲进他所站的一小片防浪块里。许国强问，这么大的浪，也能钓到鱼？李提指了指海堤的尽头，那里有更多的垂钓者。许国强说，鱼肯定咬不住钩。李提想反驳他，却找不出词汇，他同时也明白无法用钓鱼的人数回答许国强的问题，而目前他还没有说出什么直接反驳许国强的话，可以及时收手，因为他知道自己预设了反驳许国强的立场，可李提没有停，他做不到憋住他的微小冲动，在一种复杂却欠思考的情况下，他对许国强说：你怎么知道？许国强没有回应，他木讷地盯着几个垂钓的人，兴许真的在逼近鱼咬钩的瞬间。许国强像一个傻子，这令李提陷入一种羞愧与愤怒，这两者其实也常常绑定，他排出一口气，说：傻子。

我们沿着海边朝醒目的堡垒走去，星期五还在回味刚才的海鲜，他带领他边缘的一点空气一同浑浊，很难在确切的某一瞬间看清他，需要综合前后几秒的视角和局部，并且还散发着一股新鲜的腥气。他问老发讨来一根卡斯特，张小莉走到我的另一边，她不喜欢烟味。其实这种烟有一种淡淡的奶香，我记得最早是在高中时我父亲偶然带回了一条，那之后我就常把它推荐给我的朋友。星期五把吐出的烟借由海风送去小莉的反向，贴近我的耳朵说了三个字：C、M、L。我为之一振，他得意地笑笑，就快步向前。几个孩子把我和张小莉围起来，他们牵着许多气球，一个二十块。初二的张小莉曾经买来十多个气球，一一解开把气泄了，她称之为放生空气。我告诉她，里面的气体本来就在慢慢漏出来。她说，少废话，你也去买几个来。我当然没有那么做，但此时我买下了一只二十块的气球，因为我知道他们不会罢休。然而更多的小孩围了过来，他们共同背负着一个月台，凑到一块儿，再编织出人流，稀疏到密集，我坐在一条自动售货机旁的长椅上，从火车上下来几个目光炯炯的男孩，他们以他们的语言解读我，再告诉我他们的结论，我无法听懂任何一点，一瞬间我尝试掏出一盒烟散给他们，但很快就意识到这样并不好，他们重复着一些我难以理解的单词，并善意地将它们拆开拖长好让我听清，每当我茫然，他们就笑，每次更快。张小莉用她自己发明的语言回击他们，那是一些无意义的音节，临时组接成句，嵌进不同的抑扬顿挫里。我们在儿时常如此对话，后来我曾怀疑那是妥瑞氏症的表现。火车里响起铃铛的声音，所有的孩子都奔跑回车门。身旁的贩卖机落下一瓶冰镇的矿泉水，老发抹了下左眼，把烟头弹走。我做出一个梦中出现的动作，低头，看见一个齿轮图案在双脚间旋转，发亮，声音越来越响，站台随之瓦解，烟头在一个透明塑料盒内制造白色的雾气，又点燃一个小孔，有微弱的刺啦声，火星常与水花的触感相同，巨大的浪拍下，在我们踏入堡垒的时候，一个臂膀发红的人钓起一条不大不小的鱼。其实我们早在离开博物馆的那天下午就看见了堡垒，它先是欠身，随后又躲在教堂的后面，并非完全不可见，但至少它把入口藏匿了。当下它则显得稳重，应该是做好了准备。回廊平稳地旋转，给任何方向的人一个助力，吟诵声不知是从何时响起的，没有任何形状，比哈利利清真寺里的传得更远，也更没有目的，它不为堡垒或是海港的任何一处营造任何短暂存在的氛围，比海风更软和，又比浪花更浓缩。众多的僧侣在堡垒已坍塌过半的露天祭台上围成一个圆圈走动，从嘴型无法判断吟诵是否来自他们。阿光在一旁默念，张小莉走进僧侣里。星期五有些微的波动，难以捕捉而模糊的身形在吟诵经过时小小地涣散但很快变得更韧。

没人看见老发从哪里爬上了所剩不多的一段围墙，是李提指给我看，许国强和马大已经走过去。老发面朝外蹲在墙上，他拿着帽子，脚并不稳，但足以维系一小段归程。围墙的另一边可以是海岸的礁石，也可以是悬空教堂的后院，这取决于我们何时进入这里。但老发从墙上纵身而下，却落在一小片新长出的土地上。一些灰尘扬起来，面临落下或是游走的选择，吟诵声短暂地停止，像一个错愕，又很快恢复，也许是从头开始。老发落地后说了两句话：第一句是，墙头的海风要求他歪一点儿脖子让它通过，但还是有刺痛的刮感，没那么湿润。第二句是，找一家中餐馆，他想吃些牛肉，最好还能有粉。

图书馆

观景台借由入口区域的惯性存在，消解了一部分它于图书馆的荒谬性。透过玻璃看到下方，是广袤的阅览区，像梯田一瀑而下，顶上窗子的斜度据说是对黄昏的戏仿，它们同大多数的惊人结构一样都通过复制自身以达到宏伟。

新图书馆建立在古图书馆的遗址上。那个毁于两把火的著名建筑，这是戏剧性的说法，我更愿意相信它是自己风化了，逐渐变得一击即碎（想象沙块）、不均匀、怯场，就像古老的自然博物馆——看起来远比它大厅里巨大的马门溪龙化石更为苍老（当然福尔马林中的鱼要再严重些），这是人造事物的通病，它令时间显影，人们再收获它们，作为标本或刻度，也有把这种痕迹作为另一种崇拜对象的。较不同的是，对于这座海边的图书馆，人们不提新或古，不以之冠名，他们将它们互相作为对方的意义和象征。当我置身于这个观景台时，体味到了这层怪诞的勾连，不过点点头，嗯两声，很快就消化了这一点。

我们涉入书架之间，李提捞出一本大部头，翻开，又放回去。可惜了，都是外文。他说。我想起方才见到的图书馆外墙，建造者挂上了各个文明的文字符号样本，这些符号的集合又宣告着一个新的简陋而直截了当的概念，没有人能完全认识它们，但并不妨碍他们共同到达这一理解。这显然是一种讽刺，阿光说，这是对弱点的炫耀。

图书馆的地下是数个艺术画廊与博物馆，许多当地的学生队伍穿梭其间。马大同我说起我们初识的那一次春游。在马大的叙述中，我与张小莉那天格外亲密，以至于他误以为我们处于恋爱之中，他说，那天离清明节不远，天色发灰，我拿着一个DV，一路上都在记录一些无聊的画面。张小莉始终在我身边，哼着一首卡农，我们去乘跳楼机，张小莉在下面等，她穿一件帽衫，我全程都没有尖叫。我告诉马大他记错了，他说的是初中的一次春游，拿着DV的也不是我，是老发，DV是红色的，两千块。马大坚持他没有记错，他说他记得录像画面上的日期，明明白白标出了年份，我们还穿着校服，一定是在五年级的时候。我的印象里，马大极少提取记忆，很难判断这令他更善于回忆还是更容易混淆，于是我不再与他争论这一点。

　　进入博物馆，与首都的那座仓库相比，这里要精致得多，事实上这座图书馆与这个国家的气质相距甚远，显得过于透明和安全，更像未来而非过去。在第一个展区与第二个展区的中间，是一个课外教学的站点，在一张长桌旁围坐着七八个学生，博物馆的工作人员为他们讲解一个瓮。我看见三个女孩坐在靠内的一侧，她们朝我笑，晃了晃手中的水笔，我用手肘提示老发，他也向她们打了个招呼。我乘机问老发，还记不记得他的那台DV。老发没有回答我，他沉默一会儿，咂了下嘴，说他还是没想通刚才他是怎么丢了那台相机。我就不再做声。

　　星期五带我们挤进人群，见识到一个边长两米的立方体。是一个展柜，表面用磨砂的纹路阻碍了视线，必须用窥视的视角才能看清里面。几个角落上都有不同的感应设备，从电子显示上看是一些类似于温度和湿度的指标。星期五把人群疏散开（我不知道他是怎么做到的），令我们身处一片空旷。他掏出一把钥匙，插进立方体一条棱的中点，展柜于是打开。一本已经蓬松的书被摆在一根立柱上，它没有封面，每一页都有密密麻麻的符号。我无法读懂，但我认出这与那间墓室（我与阿光相遇的地方）中的图案是一致的，可惜颜色已经褪去大半。马大说，这是一部自传。我问他，你能看懂？马大摇摇头，说他是听人讲的故事。阿光用手轻轻碰了其中的一页，星期五没有阻止，书页脱落下来。马大拾起它说，它先是在讲作者自己的故事，慢慢写到了别人，后来成为一部日记，也可以说是辞典，针对所有个别事物的辞典，枯燥，事无巨细。作者钟情于记录无关的东西，他去世前，叫朋友把书稿的每一个字都单独写在一片树叶上，雇来几十个人在一片广场上把所有的叶子扫来扫去，有些还被风吹走了。一周后，他们将树叶一片一片捡起，按照捡起的顺序重新誊写每片上的字，就完成了这本书。李提说，这个故事编得太无聊，放在现在，用电脑可以轻松做到，写一本书，再打乱它，这像是一个概念论证的游戏。阿光点点头，说这显然不对。星期五一直沉默，他把马大手中的那一页抽过来，插回了书中。这些书页没有它看起来的那么脆弱，尽管整本书已经比原有的厚度多出了几倍，有些像我曾制作的一本剪贴簿，将一本软面抄撑到了它的极限，但这本书的材质明显不同寻常，令它由于时间不断增长而依旧牢靠。人群渐渐回来，星期五关上展柜，一切恢复如初，除了我不清楚星期五是否将那一页插回了正确的位置。我们退出人群，期间听见一个人在讲述马大刚才讲述的故事。

　　星期五告诉我们，这个故事中有一点是真的：那就是这本书的确枯燥、事无巨细，因为它不做停歇地记载了作者发现的所有东西。有必要一提的是这种记载方式，似乎是唯一一种与思维同速的符号系统，好比以光速扔出一枚硬币的同时判断正反。另外，其实是有一个故事贯穿其间的，但完全被掩埋在无关的旁物里了，从而微不足道。李提说，它在以后会被解读，但不是现在。星期五点头，致以欣赏的目光。

　　我们花了很久的时间才走出图书馆，几乎是在海平面与太阳相切时，期间马大很不自在。老发与张小莉和许国强走在后面，他们买了三支海边小车上硕大的冰淇淋。

老发最后一个吃完，向旅店的前台要了几张纸巾擦手。他在晚一些的时候离开，搓着手，说试着去找找相机，也许能找到。由于刚迎来周末，能从窗口看见今晚的路上更加明亮，所以我想也并非没有可能。

八月二十七日

边境

是一长条虚线，越过它时，我低头看见一只鼠妇。你们是否也发现了，虫子都有一个特点：只要你盯着它们足够久，总会目睹一次两到三个身位的瞬移（往往是后退）。它们一晃，颤一下，再接着走，像是重新读取一次检查点。

虚线足够轻巧，比实线更易附着，也更易分割沉重而紧密的土地，暂时性地宣告我们抵达一个新的国家——它以一个巨大的画像迎接我们，在醒目的赭石色墙体上绘出一个男人的脸，并不正对它的来客，而是摆出一个随意的角度，但显然是在引起你的注意，这令我有一些反感，它的分寸把握得太好。

事实上，这个地方的一切都在达成某种极致的和谐：首先是饱和度极高的大面积纯色，剔除了任何污点。再者是笔直的线条与无数的直角，它们组成的立方体在无云干扰的日照下叠成令人困惑的平面形。连切割出的阴影也总能找到适宜的端点以令自己像是一个巧合。只有这里的人在破坏这些完美，他们是一些难以挤出的气泡，干扰着既定的构成。和谐、干扰、被干扰的和谐，这三件东西都令我感到不适，马大在这时拉上我们栽进一辆装满面包的车里，它被涂成黄油的颜色，让我发腻。

李提拍拍我的肩，是在行驶了有一段时间之后。我意识到已经很久未和他挨得如此近，他指指窗外，示意我向下看。

原来我们始终沿着边境线移动，有一些沙子透过虚线的空格处在两侧来回跃迁（我又想到了鼠妇），也有的可以看出是在作连续的运动，组合很为涌动的态势。这令我明白虚线的另一个好处：它给予了两侧互相传染的一定空间。这种传染每时每刻都在进行着，李提看出了我的心思（也许这正是他的安排），他告诉我在折纸的示意图中，虚线总是意味着需要折叠的痕迹，意味着这里有一道折痕等待你来创造，它现在还不存在，但很快就将不可逆地存在下去。李提说他小时候很喜欢做手工，他有一本很厚的折纸书，包罗万象；还有许多的硬纸模型——把不同的区域从每一页上裁下再折叠粘合，就能得到立体的成品。李提可以独自做一整天的模型，直到一年级时，他得到了一本与先前经验所不同的折纸书，封面简约，开本很大，购买时他听到"高级"二字。书里的每一个作品都分为数个"单元"，李提不理解"单元"的意思，这令他惧怕这本书。每一个作品都由一个或几个单元零件的不断重复组成，而其中没有一个是具体的事物，全都是装饰性的，李提对这些倍感陌生。最可怕的是，这本书中出现了不只有实线与虚线，还有其他夹杂不同符号的线条，它们含义复杂，不一而同。如此种种都使得李提在很长一段时间内放弃了手工。直到认识马大后，他们才一起报名了学校的模型班，重新做上一些车模或者船模。李提说到这里就不再继续，我注意到车子偏离了边境，慢慢朝这一侧的内部驶去。

在很远的地方有一些山隐隐露出轮廓，李提问我，刚才不断传染的沙子里是否会有曾是属于那些山的几粒。他没有期待我的回答，因为这是一个过于庞大的问题，它延展进许多不透光的洞穴深处。我听出来李提隐隐的焦虑，他目前正面临着又一个濒临"放弃折纸"的时刻。而我们都明白，这一场出行并无益于改变他的处境。

集市

随着响度逐渐膨胀，只有少许声音的棱角能偶尔露出，集市往广场上聚拢，依次驻足，这是它不同于哈利利之处：流动，有出现和消失的端点。我们坐在边缘的餐厅的露天区域，点了一些饮料，暂时置身事外，扮作集市的观众或候补。

星期五端回一份塔吉锅，不清楚里面会是什么。张小莉把手搭在我的额头，她说看我脸色不佳。我说这里的味道和声音都太气势汹汹，有些晕是正常的。

许国强揭开塔吉锅的盖子，蒸汽持续地扑面而来，遮挡视线。我眯起眼睛，感到身子颠簸一下，面前已是一个玩猴的人，可他不只是他，他同时也是我小学时乐队的指挥，指挥领我走进一些帐篷的序列，穿梭于琳琅的小吃之间。说话时他运用一个熟悉的朗读声，我假定那是一个女人的声音，为我介绍所有的食物，它们纷纷被从塔吉锅中揭开，互相重叠，但只是意义上的重叠，并非视觉。

我慢慢注意到几个帐篷是搭建在一些凹陷的地表上的，朗读声告诉我那也是大象的脚印。有一瞬我怀疑起自己身处的国家，又立刻否定了怀疑。大小不一的鼓从身后滚来，指挥交给我一只鼓槌，但我已经忘记它们该怎样使用。滚奏。玩猴的人在告诉我的同时把我的右手握成一个空心，我见到张小莉在斜对面的帐篷里吹奏黑管，她的身后是窗下的墙壁。塔吉锅中的鸡肉被鼓槌打翻，滚奏始终没有成形。鼓也都被人拾起，铜管乐器的声音从勉强的缝隙中跻身而出，指挥告诉我需要变得更加严肃。他的西装与右肩的猴子极不相称，我将自己藏在一只大鼓的后面，嘴里叼着一根棒棒糖，将红色的乐谱收进书包，一本日记被我摆在最前面，蓝色的封皮上用金色的油漆笔写着"CML"。书包的底部有一些饼干碎屑，还有一袋锡纸包装的牛肉干，它们刚刚也出现在塔吉锅里。猴子跳到大鼓上，捞出那本日记，它另一只手拿着铃鼓，跑出了这片帐篷，我紧随其后，身旁的摊贩都在冷却，指挥演奏长笛，铃鼓声在我的耳边响了一下，日记被扔在一只骆驼的身旁，骆驼的主人掏出一个手机，他将它关机又开机，把它凑近我的耳朵，让我聆听厂标闪过时的短暂声效。

我低头发现自己正站在又一个大象踩出的凹陷里，李提向老板买了一瓶精油。他把精油藏在口袋里，拽我回了餐厅。塔吉锅里的食物已经只剩下最后一口，阿光说是留给我的。星期五拿着一根牙签在剔牙，他的边缘与周围剥离了一些，现在只用简单的几秒就可以看清他，如果心中随便默念一个数字就更加容易。

我感到自己的胃有些难受，悄悄告诉了张小莉，她于是提议回旅馆。我说不用。她就去点了一杯热水来。我想起了很久以前的一次，我和张小莉在一个大礼堂的外面透气，里面的舞台上是同学的弦乐四重奏。我们在阶梯上坐了整首卡农的时间，面前有一个草坪，一个穿蓝色大褂的人拿着水管在浇水。

我问张小莉是否记得王伯，张小莉摇头。我于是意识到张小莉确实未曾见过王伯。几滴水溅到我身上。紧接着张小莉又说她想起来了，说我曾和她讲过小时候王伯的事，是在一个下午的两点多。不远处的那个工人关了水管，离开草坪，走到一块印着这所学校校训的大石块后面。张小莉和我开玩笑说他是去撒尿了。

哈哈哈哈。

我站起来，发现裤子沾了水湿湿地贴在屁股上。马大出来抽烟，他问我们是否在谈恋爱，我摇头。我叫上张小莉返回礼堂，台上的节目已经进行到了下一个，我们需要继续催场的任务。

泳池

薄荷茶装在一只精致的银质茶壶中，我突然感到对这种金属的陌生（气质方面）。尽管马大和张小莉都连连称赞，可我却不太敢喝，因为我的胃仍然感到不适。这家旅馆也有一种浓郁的香精气味，我从小对这些味道过敏，这加重了我的恶心。

旅馆的大门是一扇布满铆钉的木门，每一颗都在用力使这块木板变得肯定。我们坐在中庭的长椅上，中央有一片很小的泳池，大约只有六七平米。池壁与池底都贴满了宝蓝色的马赛克砖，水面与边缘持平，看不出任何的落差，漂浮着一些树叶和枝条，应该很少有人下水。

如果仔细看，可以发现天台的花草倒影。天光勉强还能支撑一会儿视线，我回想起下午的集市，许多的人都不只寄居在一个自己里，他们同时是许多既有印象的混合，不可以被捋清。如同倒影难以从水中提取，倒影与倒影也无法分离。李提从口袋里掏出一瓶精油，滴出两滴抹在手背，放在鼻子前闻。没什么特别的，不冲。他说，也最终不屑于说。马大陪他从狭窄的楼梯往天台上去。星期五哼着一首小曲，他用忽而急切的气息声来表达对某一段落的喜爱。在照度不足的情况下他还是容易与周遭混淆，我担心他染上过多的香精气味，于是给他递去一支烟。星期五接过烟，也放在鼻子前闻。

上了楼的人从天台透过一堆植物向下张望，马大朝水池里丢下一块重物。看不清是什么。它打开一片涟漪，吸收了所有剩下的光，留下一些琐碎的声音在相隔不远的地方逐个发生，轻微标注出几处分界来。

八月二十八日

房间

我确实病了，醒来时我就立刻意识到这一点。张小莉于是说今天哪里都不要去。她把额头贴住我的额头，说，已经发烧了。这是张小莉一直用的方式，我觉得巧妙极了。窦老师也曾这么做，也许张小莉就是从她那里学来的。另一种可能是，在涂涂人的雨林里，她记下来了那个仪式并灵活运用。

阿光靠在两扇窗户的中间，阴影使他看起来像一块存在已久的大洲，但尚待勘探。

我能看见他的眼睛，阿光盯着我的窄床，他直愣的目光将他与床之间距离明确地标记出来，几乎是拧出一道线。阿光想（我能知道），他的头顶，他所去过的高矮河堤，我生病的可能原因，这张床的实际宽度。他继而沿着这张床进一步思索下去，它的尾部，垂下的被子，白色，看起来不薄的厚度，扯盖它时发出的摩擦声，他忽而觉得被子多了，不是这一件，也不是这间房子里的，而是所有的被子，所有的棉被、羽绒被、空调被、蚕丝被，也涉及到被套，材质、花纹、曝晒过后的气味，油污附着的方式，被尿液浸染的痕迹。又有多少被整理，有多少被复合使用，被子过多，我（阿光）却不了解任何一条被子，也无从了解。但我（依旧是阿光）很快否定了这一点，当我（他，不必再说）指出所有上述对于被子的描述时，似乎已经对它们有了某种念想。我记起很小的时候，我曾尿湿过一床薄被，在我的印象中它始终有一块被尿湿后的污渍，其实根本没有。那之后，我从来不盖那床被子，时至今日，我已然接受了它，但拿到它时仍会有一丝迟疑。几个夏天之前，我下意识地检查了上面的污渍，当我将它打开之时，我意识到对它的陌生：并非出于我未曾看过它的全貌，而是一种极难打破的屏障——它与我毫无瓜葛。作为这样一件"物品"，它的花纹与颜色令我费解，淡橙色，一些折线与圆点，它们毫无理由成为这样，当然也毫无理由不成为这样；我也对它的所谓功能感到陌生，它究竟为何进入这样一种境地，它本身又怎么能被我使用呢？我又从何时开始与它产生联系，还有我与其他的被子的联系，被子出现在我眼前，而我不再理解它的所有性状，也不再试图给予它任何功能。它在我的眼前如此独立而令我难以与它有一丝一毫的互动，如果我此刻试想去触碰它——

阿光前倾身子，碰了一下我的被角。星期五问他怎么了，他摆摆手没说话。张小莉让许国强去打一壶热水来，自己则去楼下点了几份清淡的早餐，几分钟后她端来几片面包和一个煎蛋。我所吃过最好吃的煎蛋，是高中时与马大结伴出游的一次，一个热带小城，煎蛋须要用柔软形容。那是最好的一种食物，吃完一盘之后并没有想再吃一盘的欲望，取而代之的是无比的满足，也不存在满足后的失落，它不要求挤出一方空白来换取定量的愉悦，只是纯粹的美味和饱腹感。

后来，我总是念叨再去一次，马大却说他不敢。他说这是他的老毛病，难以将某些特定的时刻重复。由于这份煎蛋存在于那一趟旅途之中，他就无法接受再度经历一次那样的旅途。这不是旅途的错误，他其实十分喜爱它，可越是对某一次（或某一段时期内）经历的喜爱，他就越不敢在时过境迁后再度涉及。这不是出于对重复的恐惧，而是出于对回溯的恐惧，据马大说，当他起了这样的念头，在设想起将某个事物从头再来一次时，脑海中的画面便会令他不安，那些画面往往是极为纯粹的那些事物本身：比如旅途中的一条街道（但总是缺乏行人的），抑或是某一部影视剧的第一集（在知道了后续的所有情节和结局之后），还有独自前往曾和他人同时待过的某个地方，这些都会使他心慌不已。我曾通过最后一个例子怀疑这是由于孤独感作祟，但马大坚持否认，声称"独自"只是加重了回溯的可怕程度，而可怕本身还是由回溯带来的，不然无法解释连重读一篇文章也会带来等量的不安。

我简单地吃下早餐，煎蛋并不很清淡，但合我的胃口。张小莉给我灌下一大杯热水，又拿出一些我没见过的药让我吃。她说我是水土不服了，而我认为是不慎流失掉一些单元。我最后吃下的药是一勺褐色的粉末，张小莉让我直接吞下，再用水送进胃里。那应该就是某种填充物，我想象它遇水后膨胀发酵，兴许能起些作用。

乐园

很大的风把地面卷起，降落在我与许国强的身后。前方只剩下一座光秃秃的游乐园，半米高的围墙勾出一个长条状，大门开在短边的中间，从大门进去只有一条笔直的道路通向底边，两旁各是一列游乐设施，也一气排到底，尽头是一座过山车，与底边齐宽，入口处是一个卖气球的小摊，但无人看管。除此之外，乐园里没有任何其他东西，没有植物，没有餐厅，没有区域的划分，也没有任何主题的装饰。所有的游乐设施都没有上漆，钢铁赤裸地互相连接和支撑，锈也不存在。这些项目没有名字，只有编号，标在每个入口处。从一号依次玩到了三十二号，我们一直没有尖叫或欢笑，保持沉默是这里的规矩。最后的三十三号是那座过山车，在爬升时，一切变得重起来，黄土在远处慢慢沉落，嗡嗡声越来越响。我们俯冲下轨道，然后转了数个圈，我感到自己被剥离，胸口被水碾过。在驶过最后一个弯道后，车开始减速，许国强脸色惨白，我终于号啕大哭，直至醒来。

花园

由于我的病，大家无法前往花园，它因此也停顿。然而，无法前往并不意味着不可抵达。花园只是花园，不是属于马拉喀什的花园，不可用量词，难以加上定语。它更像是一个操场边的傍晚，空与满在一瞬间里的交替，这个交替就是花园。十一月时花园常常过曝，它失去一些细节，却使肉眼能看见更多事，它们从整块呲了的白色中缓慢显出，模糊，是越过藩篱而来，更接近本质。

几个月的时间在花园里不过是从一株植物到另一株的距离，或者多走几株也有可能。雨季时，路很难走，要身负许多堵墙，它们被浸湿，但不易被拆毁。星期五领我到花园里两条花坛间的一处平台，它被围起来，用红色的砖覆盖，有时候中间也出现一根旗杆。鉴于停顿的前提，我可以拨转整张地图。马大在花坛后的一间小屋子里，那间屋子联通着这边与另一边的楼群，它的门开得很矮，所以有密室的味道。那实际是一间广播室，马大端坐在播音台前，翻阅我的日记，它似乎刚刚从大地里被解救，蓝色的封面上全是湿泥，而细沙布满每一页的缝隙。

我凑上前，看见那里写的是初中时回忆小学的事。字迹介于潦草和端正之间，但每一笔都很用力，摸上去一棱一棱，像是刻上去的：

在乐队里我是打小鼓的，我搬着鼓在走，那个女孩穿着粉色灰色的长毛衣，从我身边路过。她吹长笛，从我身边路过，她问我，需要帮忙吗？我与她并排走，她的毛衣粉色在灰色中间，如果一定要说一个颜色，应该是粉色，她的嘴唇也是粉色的，她扎着马尾，眼睛是笑的，我当时应该穿着非常可笑的演出服，但我想，我穿着她也应该穿着，也或者，她就是全团那个唯一没有穿演出服的人，她从我身后走出来，与我平行，我知道我不是第一次看见她，但这是我记忆中回想起她的美的时候的第一段。她应该帮我搬了鼓，是鼓架而不是鼓面，我红色封皮的谱子在我这里。当我想起管乐队时，我第一个想到的也是这个画面，那可能是发生在一个类似马戏场入口旁的花坛边，我们刚下校车，我们要去演出，也许是在一个圆形的教室内排练伊克兰布序曲，那里有哈哈镜。那天，另外一个女孩问我，不，是告诉我，她自己是十二月出生的，我不知道我为什么记得这一点。伊克兰布序曲很好听，我至今仍能回忆起这段开头的旋律，和我的敲法。那个十二月出生的女孩，我们叫她黑皮，她挺黑的。她负责跳舞，她不喜欢我们叫她黑皮，我坐在校车靠窗的单坐，她和另一些跳舞的坐在走道的另一边的双人座，我叫她黑皮，她叫我瘦猴子。后来我们下车，那个灰色粉红色毛衣的女孩就走出来。后面我就记得黑皮，记得她说她在十二月出生。还有我们在一个狭长的房间里排练，屋顶有斜度。后来我们在一个明亮的二楼演出，那里墙和门刷的漆的颜色和后来的奖状是一样的。一段时间后我们都拿到了一份复印的奖状，因为真的奖状只有一张，留在学校。之后的日子，也许在那之前就开始了，我总是在排练的时候注意那个灰色粉色毛衣的女孩，黑皮有时候总爱做一些挑逗的事情，但是那个女孩总是很美，我不能说她的名字，我记得清清楚楚，我也不能编一个，因为编的名字不能配得上，真名我不愿意说，所以之后叫她粉毛衣女孩。我会看她，我记得在暑假里的一次排练，她穿着红白色的运动服或者 T 恤，端着长笛在排练场走，因为我们在做行进间演奏的训练，我看着她，很好看，也许那是我第一次注意到她，我不能确定。我们平时都在地下食堂吃饭，她坐在我集合整队时旁边区域第四排最靠外的一个，我每次路过她时她都会骂我一句，当然是开玩笑的，我忘记她每天的用词是变化的还是固定的了，我也忘了我是否会回她一句男人婆。可能我搞混了，但这时我们已经熟识。这里还要说到另一位女生，我也非常喜欢她，她和粉毛衣同班，她坐在另一排，每次我都会看向粉毛衣，也会看向她，顺序忘了。她吹黑管。我们不是在排练中认识的，而是在升旗的时候，金色的升旗台，有很多高光。她和另一个女孩负责收国旗，另一个女孩是第一个吸引我的，她符合幼稚的审美，像一个洋娃娃，而我的朋友认为她不好看，我先喜欢她，后来我才也喜欢吹黑管的女孩。这两个女孩，还有黑皮和粉毛衣，我很爱她们。

马大将播音台的旋钮拧开，音响里溢出刺耳的高频声，他挪挪话筒，把声音消去，做出要读我日记的样子，我并未阻止。星期五在这间屋子所通向的另一边，张小莉四处寻找着他，像一个母亲寻找孩子。许国强在更高的楼上，从窗台伸出双臂，做出飞行的姿态。他们三个处在多云天的开发区里，把每一栋新楼里里外外地数上一遍。

马大读出我日记的第一句话，无数藏在花丛里的喇叭都开始播放。所有的植物打了一个哆嗦，我夺过我的日记，关上了屋子的两扇门，防止余音漏出去。马大叹了口气，从广播台边离开，四周打望这个狭小的房间。它堆放着许多沾满灰尘的器材，总是令人感到熟悉但无法记住。

马大抽出一个毽子，在我面前踢起来，一个接着一个。我从来学不会这项运动，他于是有些得意地笑，露出了曾经故意熏黄的两排牙齿。

2017.11

南京大河纪

南京作为一条大河的存在始于数个年代以后。那时我站在南京大河边，听着一位女孩告诉我这里曾是一座城池的说辞，觉得滑稽而熟悉。那时的南京和此时的南京一样，还是一座城池的模样，但它确实在流动，像洗礼和冲刷，又像漫不经心地路过，而最终我会感受到它的流动是一种真正静止的运转方式，如同无边无际的网。

此时的我是不知道这些的，但并不妨碍我的讲述，当我讲述出这一未来时，它一定会发生，以某种形式、某种面貌、在某处、在某时、对某些人、对某人。与此同时当我笨拙地讲述塑造出了这一未来之后，它也就成为了某种不准确的历史存在，可喜的是我会无视未来与历史的地位，也并不对我的现在表示尊重，因为我发现只有这样，才配得上我讲述的对象：化成大河的南京，它混沌而轻盈，充斥了可能。

古南京在出土时是不太新鲜的，裹着固执的腐烂泥土气味。它被从时间的地壳里打捞上来，拂去了尘土，仍很难焕然一新，很难想象它的未来。打捞者把它安放在一方空白，任其生长，他们把"古"字摘掉——它从前就叫古南京，这是个为未来而取的名字——就成了南京城。南京城和所有的城池一样，执着于它的城墙，是城墙赋予了它空间，给它圈划出了一个结果。我第四次去南京时，曾和朋友登上过它的城墙。那天上午，工匠正把自己的名字刻上城墙的砖瓦，下午，我们就目睹了这一行为的结果，它和几千年后一样，没有发生变化。我们在城墙上步行，走到头时，砖瓦上的名字就成为了历史的烙印，城墙下的车与人川流不息，挥舞着此刻，散发着无味。我依稀能记得，我将在南京成为大河后，与女孩一同站在这座城墙的位置上，听她诉说南京的历史。这么说又不准确，因为化成大河的南京市没有位置可言，那么我只能说，我站在了这一城墙的时间上，唯一的证据是：我能听到工匠的名字。

"莉莉。"女孩说。我晃过神，在南京河面上荡开一阵倒影。"那个工匠。"我说，"我见过，在砖上。"女孩点了点头，眼里回收起倒影，南京河里开始升起一面旗，故事便有了诉说的契机。

工匠建造起古南京的时候，是无意识的行为。他以随意的姿态修建了一圈城墙，告诉地图，这里以后就是古南京了。工匠留下了一些零散的回忆，就前往了下一个城池，那些零散的回忆包括一辆老爷车、一颗毛鸡蛋和苏州。许多帝王在工匠修起古南京之前来到南京，在工匠修起古南京后，他们就成了古南京的历史。工匠曾为此回到过南京，他在明太祖的坟头宝顶撒下过一泡尿，以示尊重。

女孩饶有兴致地给我讲述这些故事，而这些故事是我告诉她的，我不知道她是否会记起来。

明太祖曾下令让工匠把名字刻在城墙的砖瓦上，工匠犹豫了很久，因为他对这座城池失望了，这座城池只拥有历史的过往，却没有其他的时刻，也没有人。他很后悔为它修建了城墙，他坚信空间上的围追堵截限制了时间上的流变，也正因此，去往古南京太过容易，离开也可以轻描淡写，工匠没有留下名字，他不愿意让这座无趣的城池成为一个叫"我"的地方。离开时，工匠点了点头，说了一句话：再见。

再次见时工匠便不愿意离开这座城池，他被古南京打了一个死结。工匠把城墙凿出了一个洞，流动就从洞里涌出，它慢慢淌进城池的每一道沟回褶被。这一次工匠在南京停留了四日，爬上392级台阶，带走一把折扇，从此折扇成为了城墙的替代，工匠不再修葺城墙，而是用折扇去勾勒出一座城池。每把折扇都有不同的气味，那是锚，把城池钉在地图上任其生长和蔓延。而当一座城池摆脱了锚的束缚流动起来时，它就成为一条大河，大多数城池做不到这一点，它们最多成为湖泊。古南京注定很不平凡，它的流动与锚始于同一时刻。

那一时刻后，它被尘封了。再次出土时，它就成为南京。为了纪念南京的诞生，工匠爬上城墙，刻上了"闳约深美"四个字。那是他第四次到达南京时听到的第一句话，在夫子庙。"你和你的朋友搞错了。"女孩说，"那天上午，工匠刻下的不是名字，而是那四个字。""那名字是什么时候刻上去的？"我问。"是以后了。"女孩说。

第五次在南京持续了一年，尽管工匠只停留了一周。这一周寒风凛冽，留下了一次夜奔。工匠在他建造的城池里气喘吁吁，他头一回谩骂了这座城池。"菜饭很难吃。"锚便崩塌了，折扇的气味烟消云散，流动却偷偷地在继续。工匠在墙上凿出的洞由于尘封已经被堵上，流动从刻着"闳约深美"的墙砖的缝隙中慢慢渗透，以工匠都不知道的一种悄无声息，偷偷结成一道网。当工匠离开一年后，网被描摹出大致的形状，它笼罩在南京城的上空，汲取出城池里发生过和未发生过的一切，网把这些兜起来，密密麻麻的，很好看，像小花，像很多朵小花。"就像我穿的裙子。"女孩说。我便笑了。

第六次工匠在南京城待了二十七个小时，他却根本没有去南京城。没错，谁说一定要去往一个城池才算到了一个城池。城池的围墙就是有这个坏处，它限制了城池的流动。而此刻，南京城已经注满了大水。工匠见到她时在夜里，处于北方。她即将前往南京城。容易回忆的东西总是难以言说，因为它像水一样在流动，我无法把它捞出一部分就告诉你这是全部了。所以我决定不再言说这一次的一切。国歌奏响三次后你会迎来一次离别，在走过几列队伍后等待一个回头。你把烧烤房间阴森的地下一层难吃的排骨和可爱的电影印成了网上的小花。我有很多想说但是无从开口，暂且归于思维混沌的功劳吧。瞧，你分不清是我在讲述还是谁在讲述，因为一切都被大水淹没了，声音从水底传出来，岸上的人只能看到涟漪，他们依据涟漪想象水底发生的故事，最后得到了属于自己的故事，他们和工匠一样在建造和刻画，这是最好的故事。在铁路上沉睡过去，大水从南京城的沟回漫进我的脑海里，我慢慢地从水里游上了城墙，我知道城墙即将不复存在，我需要赶在最后一刻把我的名字刻上去。工匠就这样把他的名字刻了上去，"莉莉"，刻在闳约深美的旁边。尽管我指责了许多次城墙，但我相信它依旧有它存在的价值，它是记忆坚固的载体，在南京城化成一条大河后，它会被解散，但它依旧存在。作为南京城之所以成为南京城的一个原因，城墙的地位不会被轻易地抹去，看不见并不意味着不存在，消失不意味着忘却，城墙上的名字会成为时间的一部分，从历史到未来，充斥整条大河，在网上星罗密布，它在流动，而无尽的流动正是无极的静谧，这一无限的静止带着无穷无尽的躁动不安和狂热的瞬间，沉溺着众生的欲念和期许，最终把浩瀚无尽的黑暗纵火点亮在短短的一瞬后回归永恒。而短短的一瞬即意味着对永恒的超越，它扩展了一切，承认了一切，并已成为一切。这便是无限，或者说另一个俗气而不凡的字。

　　"你说得太多了些。"我对女孩说。"都是你说的吧。"女孩说。我愣了愣，便不再发一言。我们看着化作大河的南京，第七次来到这座城池，不，这条大河。现在已经是以后了，大概是一个九月。"莉莉。"女孩说。"嗯？"我应答。"他们都发现了，你是那个工匠。"她说，"而且你刻得有些用力。"

　　"不管怎样，他们只是故事的听众罢了。""我也曾是个听众。""你还是作者。""我算不上。"我又笑了。"这是给你的故事啊。当一个故事是给你的时候,你就不只是听众或作者,你就是这个故事。当然,我也是。"

南京河里的旗帜升到了顶,关于这个故事的前世今生就这么被讲完了。广场上的人四散而去,仿佛经历了洗礼和冲刷,也像是漫不经心地路过。我们拿起行李箱,沿着中轴线离开了故事,来到了河边。在河边去看这个故事,显得混沌而轻盈,它把未来变成历史,把历史搅和成现在,然后把它们一把撒去,都成了记忆。不过这还是不如我们本身有趣。

"莉莉。"女孩又轻轻喊了一声,我闻声回头,她便纵身跃入了南京大河里。我把眼镜摘下,在河里不需要它。接着,我也就轻轻地跃入了河里。从这一刻跃入了每一刻。

2016.8

地表之上

后来，我没有死。

——这是我原本写下的开头，但我实在无法把这个故事由此继续下去，它故作深沉，似乎想表达很多，却没能让我相信它。我想，若是连我也无法相信，那我的读者，也就是你们，更是无法相信的。所以，我选择用另外一个方式来继续这个故事。这是一个破碎而真实的故事，因而我也选择用一种最为破碎而真实的手段讲出来。好了，它应该这样开始：

2017 年 4 月 12 日　周三　天气：白

今天爷爷出殡了。爷爷应是两天前死的，对，第三天出殡是规矩。爷爷死的时候，我确实哭了。但我却不知道为什么哭，兴许是因为听到妈妈哭了，也兴许是因为想到守在爷爷身边的爸爸和叔叔哭了。我记得我哭的时候，先是张大了嘴巴，干号了两声，眼泪方才落下的。当眼泪落下后，一切便就顺理成章了，哭声开始变得有节奏，酸从眼睛蔓延到鼻子再到两腮，身子也微微地颤抖起来，逐渐有些麻。爷爷死了。我想到了他背起我的情景，便哭得更猛了一些。

今天我没有哭。出殡仪式的新鲜感冲淡了一些悲伤。我作为长孙在追悼会上的发言获得了亲戚们的肯定，他们称赞我的语音语调和内容令他们感动，我也确实看到了他们在我预料的地方落了泪。他们说我一定能考上一所好大学，而我只是想读好一份稿件而已。我与哥哥及弟弟走在出殡队伍的最前列，每当后面传来一声"跪"时，我们便要跪下。弟弟的年龄是很小的，需要我同哥哥把他按到地上。我是不喜欢跪的，但毕竟爷爷走了，我也就跪得比较用力。

在火化炉的门关上的一刻，我身后的父亲用力地吸了一下鼻子，把头仰起，他又哭了。我揣测他的哭是真的，他很爱他的父亲，揣测到这里，我的眼也就又酸了一阵。但我一想象到火化炉里的情形，那酸便又褪去了。火化炉再次打开时，爷爷只剩下一些残碎的骨头与骨灰。殡仪馆的人把大块的骨头捣碎，这令我有些不适，就转过了头去。骨灰盒被暂存到墓地中的一栋楼里，见到那栋楼时，我告诉奶奶我曾梦到过这里，一模一样。奶奶说：看来爷爷是逃不过这一次的。

今天大抵如此。

2017 年 4 月 13 日　周四　天气：蓝

　　昨天我有些太累了，竟忘了一件很重要的事。不过相隔一夜再来诉说也有好处，它令我更加确定那不是我的幻想，因为到现在为止，它依旧充满真实感。

　　昨天，在我第二次在出殡队伍前跪下的时候，我看到了天空中一颗从未见过的星星。我起初以为是太阳，但很快发现太阳钉在天空的另一边。那是下午两点，所以月亮也是不可能的。昨天的天空很白，那颗星星发着灰。它的大小大概比月亮小一些，表面也比月亮来得光滑。我盯着它看了许久，以确信它的存在。不知为何，昨天的天空和那颗星星，令我觉出了一丝冷漠。我不知道那颗星星是什么时候消失的，只是我在拿到骨灰盒后再次看向天空之时，它已经不见了。我没有问周围的人，而且我相信他们都没有看见。

　　昨晚，我梦到了那颗星星，我梦见我到了那颗星球上，周围没有其他的星体。那上面雾气很大，什么都看不清楚。雾似乎要散去时，我便醒了。我有些不明白，但我有预感，我还会看到它。

　　我想我有必要加以说明，你若称之为辩解也未尝不可。诚然，作为一个讲述者，我显然很不称职，我只是将故事主角的日记搬了出来。至于这个主角，也许你认为是我，我却只能告诉你，这不一定。因为我在看这些东西时，不免有些恍惚。比如关于我的爷爷，我明明记得，爷爷死的时候，我哭得很凶。我还记得在看到爷爷的骨灰时，我又哭了一次，当时我想起了年龄尚小时，爷爷将我从幼儿园接回家时的情形。那阵子，我每天都要爷爷背我，并要求买一杯酸奶喝。我确信我当时应是回忆起了这些的，并且我很爱我的爷爷，可日记中却并未提到。但我并不对这份日记的真实性存有疑虑，我发誓这是我的日记，不过你要记住，这也许不是我唯一的故事。哦对了，你若是想问关于那颗星星的事，它将在之后的故事里继续：

2025 年 8 月 31 日　周日　天气：金

明天是博士入学的第一天。我对于我考上博士这件事情，没有任何惊讶。至少到目前为止，凡是我试图做的事情，都做成了。这是一件幸运的事，亦是一件不幸的事。因为每当你成功一次，你对失败的容忍就会更少一分。这可有些可怕，它把路越走越窄，如临悬崖，如履薄冰。可我明明已经考取了博士，面前应是条康庄大道才对。嗯，我想是这样的。

这两年来，那颗灰星越来越频繁地出现，每次出现的时间也都越长，我甚至有时间拿望远镜去观察它。这也是我改变专业选择天文学的原因，我希望能用学校天文台的望远镜去观察它。这同样证明了那并非我的幻想，它实际存在，不然怎么能在望远镜中显得那么清晰。只是，除了我之外，没有人能看到它。我始终没有直接询问其他人，一是有些担心他们觉得我不正常，二是我确实有些享受这独自拥有一颗星星的感觉。我也曾偶尔试探过一些人，比如我突然盯着那颗星星看，对方都只会说，你看什么呢？最大胆的一次，我用相机把那颗星星拍了下来，接着把照片给别人看，那人只说，这云真好看啊。于是我也就放心了。

明天还要早起，我想我该早点睡了，兴许我又能梦见那颗灰星。从十八岁开始，我称它为灰星，尽管后来几次的梦境中，我发现它并不全是灰的。

2018 年 6 月 15 日　周五　天气：墨绿

张会自杀了。这是我没料到的事，也可以说是我能想到的事。过几天就是高考了，张会选择在这时候离去想必是有他的原因的。我的爸妈告诉了我这条消息，并让我不要告诉别人，说是避免影响他们的考前心态。我已经被提前录取，自然是没有关系了。何况，张会也应算是我的好朋友，起码曾经是。

我与张会在小学前便认识了。原因是我的妈妈和他的妈妈是同事，我们被安排在森林公园见面并一同玩耍了一天，这样一来，理所应当地就成了朋友。成为朋友相当容易，这兴许也是比较合理的一种方式。后来我们进了同一所小学的同一个班，也就继续是朋友了。这对我来说很便利，免去了在新环境寻找朋友的过程。这个朋友可以一起吃饭，上体育课，课间玩耍，组队表演节目，应付所有"你最好的朋友"的填空。当然，他不能强过我。即使是小学时模仿热播动画的角色扮演，主角也永远是我了。张会也是乐意如此的。我起初会疑虑，每次都当配角他不会不好受嘛，后来我得以想通，这世上并非所有人都愿意凡事皆争的。后来，我们的兴趣爱好日渐分离，他迷上篮球和游戏，我尽管没多刻苦，却还能算个好学生。

我记得我俩的关系大致在某一节数学课上有了质的变化。我还能想起当时在做一道鸡兔同笼的应用题，响动从我斜后方传来，是书拍到桌上的声音。紧接着是数学老师的吼声，批评张会上课看漫画，最后还说他不配与我做朋友，连我的小拇指都不如。这未免过于刻薄了。现在想来，身为一个老师，她显然有些混蛋。当时的我，应是尴尬与同情占了多数，但并不排除少许的虚荣甚至得意的成分。也或许，得意与同情可以平分秋色。我始终没有回头，下课也没有与张会交流。往后，又是顺理成章地，我们的交集越来越小了。

升初中时，我与张会的命运完全不同。我被全市排名第一的初中提前录取，张会则按成绩被分配到一所普通的学校。他自觉与我们断了联系，我想这是没有必要的，但对于我似乎又是无所谓的。好像分开后他的第一个生日我曾给他打过一个电话，却连除了"还好吗？""还好"之外的寒暄都想不出来。如若让我来揣摩一下当时的心情，应该是，同情中带着一点释然，并认为一段顺理成章的友情顺理成章地告一段落，也是一件顺理成章的事情。可能当时我还故作矫情地感慨了一番，现在看来是有些可笑的。

张会中考后竟然主动联系了我，我估计是因为他觉得他考到了一所不错的高中，当然这有部分原因是他的政策加分。凭这一件事来看，我觉得他自杀这件事同样是顺理成章的。说实话，我似乎并不对张会的死抱有多少感伤，甚至有些猎奇的成分——身边的人自杀了，还可以成为一个茶余饭后的话题。但这样想未免有些无情，一条生命的逝去毕竟是一件令人扼腕叹息的事。我想到了张会的父母，他们应是尤其难过的。我还回想起了些小学的时光，也不免有些伤感了。

如果诚实地讲，尽管有些难以启齿，但我听到张会自杀后的第一反应竟然是想笑。这笑不带有任何感情色彩，只是我控制不住自己的肌肉。这不是第一次了，在许多需要我做出悲伤的反应或是任何凝重的时刻，我总是想笑。接着我会立刻意识到这不对，于是拼命扯着嘴角，用一些面部肌肉的动作抵消它。这常常十分间离，我搞不明白这是否是我的一大毛病。

不说了，还是祝张会走好吧。

2011 年 9 月 21 日　周三　天气：多云

今天数学老师十分过分。她毫不顾忌我与张会的感受，竟然说张会连我的小拇指都不如。她这样说既令张会很没面子，也令我有些不知所措。我下课之后没敢去和张会说话，总觉得很尴尬。不知道为什么，我觉得我们最近比以前要疏远了，好像没什么共同话题，他上课和作业也不太认真，最近都有些贪玩，不在状态。我不知道他怎么了，有些担心。

今天还有一件事，晚上参加乐队排练的时候，王扬在中途对我眨了下眼睛。哈哈，我挺喜欢她的。

2026 年 5 月 27 日　周三　天气：紫

今天我终于用天文台的望远镜对灰星进行了观测，其实之前也进入过天文台，但是灰星没有出现。我至今还是不太清楚灰星出现的规律是什么，更不能预测或是控制它的出现，尽管我越来越把灰星当成自己拥有的一颗星体。由于我平时的优秀表现，这个月开始我可以比较自由和长时间地使用望远镜，今天我对灰星表面做了比较细致的观察，但由于我不能让观测报告上显示为空，我仍不得不留出一些时间按照课题计划对观测对象做了观测。

灰星表面比我想象得要不平整得多。甚至可以用错综复杂来形容，之所以用肉眼看上去它很光滑是因为有一层很浑浊的大气。好在大气中颗粒很少，化学成分也并不复杂，加上 5 型滤镜后就能看到星球表面。我惊讶地发现了许多难以被认为是自然形成的景象，像是道路，笔直、交错，四通八达，仿佛神经网络一般。但我明白，那不可能是普通的道路，因为在那个距离下，按照比例，那每一道线条的宽度都至少是 2 千米。我起初以为这只是局部，后来却发现它们大约占到了整个表面的三分之一处。剩下的大部分应该是大面积的液态物质，类似海洋。还有少许部分观测不清，呈现出一片缺乏细节的死黑。一些"道路"的节点处有一些亮点，似乎是特殊的建筑。

当我想继续深入观察时，我的同门黄凡到天文台来了。我只得把观测区域调回了观测星。结果他并非是来做课题研究的，他拿了一本小册子来，我一眼认出，那是我的硕士毕业论文，当时我修的还是西方哲学，写得比较系统，当时就把它出版了。黄凡喜出望外地对我说，他平时也看些哲学，今天在图书馆无意间看到这本小书，发现是我写的，特别惊喜。我说没想到他竟然能翻出这本书来。他夸了夸我写得好，又提出了他的一些看法。我觉得他的看法十分幼稚，当然，我没有指出来。他甚至犯了一个很基本的错误，我想他只是想和我套近乎罢了。

其实，我的确在这本小册子里隐藏了许多我的个人思想，只是没有将之明确地提出。事实上，我来读天文学博士纯粹是为了利用学校先进的设备观测灰星，其余时间里，我仍在继续着我本职的对哲学的学术研究。我计划再过几年真正出版一本我的个人著作，我对此很有信心。

后来，黄凡还跟我聊了聊他的情感问题，我没有一点兴趣。

亲爱的读者，我是同你们一起读到了这里，我想我可以说一句，我并非对情感问题不感兴趣，只是对这个叫黄凡的人不感兴趣。事实上，若是没有看到这个日记，我都已经忘记了这个人。有趣的是，这几篇日记里，都没有提到我的感情经历。我也谈过些恋爱，但大多不重要。我想爱情对我来说就像做一个清醒梦，既身处梦境，又知道自己在做梦，从梦中抽身也十分容易——我永远无法做到全情投入，有时想来，也是十分可惜。除此之外，我还想与你们讨论的一个话题是：那一颗灰星究竟是怎么一回事？我想你们疑惑了，因为你们从来没见过那颗灰星，但在日记中的我的眼中，它确实存在。你或许不屑道：这是个小说，它在讲故事。故事当然可以不是真的。但我一开始就说了，这是个真实的故事。虚构的不是这个故事，而是你们，朋友们，你们仔细想想，你们真的从来没有看到过它吗？它明明就在那里。

2031 年 4 月 19 日　周六　天气：纸

婚礼就在明天。小瑜将成为我的妻子。我们认识三年了，谈了两年的恋爱，同居了半年。我是在博士毕业之后第三天的一个画展上遇见她的。她自然十分漂亮。其实，我一直认为我不会结婚，这在我看来是一件没有必要的事情。一纸婚约可以与感情有关，也可以完全无关。但我却在 31 岁结了婚，毫无特色的年纪，不算早，也不算太晚。既然小瑜愿意结婚，我也没有太多反对的理由，那便结婚吧。

今天我想起了杨璠，我原以为我会想起王扬的，没想到却想起了杨璠。我一直把王扬作为我第一个喜欢的女孩，这样一来她便具有了一层符号的意义，由于我似乎没有深爱过什么女孩，于是当需要我想起某个我最爱的异性时，王扬就可以作为最好的替代。我也没有和王扬谈过恋爱，小学毕业后我们就几乎没再见过面。似乎高一时见过一次，她已完全变了样子。那之后的某天，我同她表了一次白，她温柔地拒绝了。那应该发生在一节数学课吧，这件事在几条短信中就迅速解决了，并没有什么大的触动。现在回想起来，我当时应是有一个女朋友。至于为什么会对王扬表白，我也想不起来了。

可我也不太明白今天我为什么会想起杨璠，如果除去在学校走廊见面打招呼，我同她说过的话似乎不超过20句。我也没怎么喜欢过她，应是停留在觉得这个姑娘挺可爱的阶段。她是我的初中同学，低我一个年级，没有任何特别之处。我们同在学生会工作过，三言两语地聊过两回。我过生日时她送了我一支笔，我有些意外，并在她生日时回赠了她一本书。我毕业前，我让她填了一份同学录，她的留言我早已不记得。这大概就是我同她全部的交集。可能还有一次，我在办公室看着她的背影时，觉得她那天特别好看，但仅此而已，我并不觉得这能成为我在结婚前夜想起她的理由。她在我生命中的地位似乎不足以承担这一时刻关键人物的角色，这令我有些苦恼。我想，哪怕不是王扬，也应该是马子慧，至少我与她经历了人生中第一次性经历。再或者是赵欣然，我们分分合合，前后谈了三年的恋爱。但无论如何，不应该是杨璠——我找不出她的任何特殊意义。

小瑜的敲门声打断了我的思绪。她的敲门声和进门的步伐告诉了我她知道我在思考。她走到我身边，在床边坐下，笑着看着我，两手叠在大腿上。她今天穿了一件淡黄色的连衣裙，把床单坐出了两道很好看的褶皱，与她连衣裙的下摆形成了一个优美的角度。我把椅子转向了她，把手搭在了她的手上。她的手指慢慢向里扣，又突然抽出来轻轻拍了下我的手，随即发出一阵清脆的笑声，再握住了我的手。我也回了她一个轻轻的微笑。这时我又想到了杨璠，我觉得自己有些可笑，同时莫名有了一阵对小瑜的愧疚，我立刻把她清理出我的脑海。我对小瑜说，早点睡吧。小瑜点了点头，爬上了床。

我刚才趴在桌上迷糊了一会儿。恍惚间我梦见我回到了初中，我去看我的老师，却发现她不在。杨璠突然出现在我身后，拉着我在走廊走。她走得很急，似乎在向我诉苦。她出落得更加高挑漂亮了，可我停下定睛一看，那却是小瑜的脸。

现在，她躺在我的身后，我不知道她在干什么。也许发着呆。我没有看她。

我看到灰星了！就是现在，在窗外。它还是像 14 年前我第一次看到它时那样。只是表面似乎多了些细节。我突然想到，我真的是在 17 岁时爷爷出殡的那天第一次看到灰星的吗？会不会我早就看到过它，只是忘了，或是它一直存在而我并未注意。但这似乎不可能，毕竟它那么明显。可是为什么我会在那一天突然发现它的存在，我思来想去，没有答案。也许这就和今天我为什么会想起杨璠一样，是个无解之谜。

自从我毕业之后，我很少再能用望远镜观测灰星。其实也没有什么用，因为在学校我已经把能观测到的都观测了一遍，并未比第一次观测深入多少。值得一提的是，我越来越频繁地梦到灰星了，而且梦境的细节越来越丰富，真实感越来越强。有一次我醒来时感觉自己根本没有睡眠，而是在灰星上整整待了一夜。

我最近一次梦到灰星是前天午睡的时候，灰星的地表样貌已经在我的一次次梦境中变得熟悉真实，我走在被我命名为第一大道的街上，它是最宽的一条路，我在它的第四个岔路口左拐——我之前没有去过那里。这条支路两旁是高高的金属壁垒，走在其间有深幽的回声。我不知走了多久，但走到后来我有些发热发昏，终于，两旁的壁垒消失了，我来到一块密集的建筑地。我发现那里有许多砖块式的房子，不知道为什么，有一种墓园的感觉。我定睛看了看，每个房子面前都有一个名牌，上面全是我认识的人的名字。后来我便醒了，继续完成我的书。最近我很晚睡，中午打个盹儿，其余时间几乎都在写这本书。或许，我该给自己放几天假，毕竟明天就是婚礼了。

2033 年 2 月 26 日　周六　天气：乳白

离婚对于我来说并不是一件困难的事。尽管于小瑜对此已经有些歇斯底里，但我知道结果是早已决定的。婚姻正如我所料的不适合我，同居半年并没有将会发生的问题都演习一遍。我需要一个极其安静的环境工作，当然，小瑜她没有打扰我太多，我们婚后甚至没有什么性生活，她对此并不怎么介意，至少没有表达出来。但不知为什么，她的存在令我无法把我的书继续下去。我坚信这是一本伟大的著作，它不应该在这样一个温室里诞生。大概半年前，我就租了一个地下室，那里很适合我。地下室的坏处是我没法看到天空。离婚是于小瑜提出的，我知道她只是在逼我。但这并没有关系，结果是一样的。

2033 年 2 月 26 日　周六　天气：石

今天回到家里，继续写我的书。我遇到了一些瓶颈，还是我上次说过的问题，我必须捋清楚这一点，才能使得整个逻辑自洽。学界关于这一类问题的讨论已经很久没有过什么有新意的东西，我需要给他们一些新鲜血液。独自生活是一个好选择，不会受到任何打扰。这些年几乎都是波澜不惊一成不变的生活，但我确实很享受这样。

你可别生气，我也发现了这个问题，对于这些尘封已久的东西我真的已经记忆模糊。出现了两篇同一天的日记，内容却不太一样（事实是很不一样），我相信你已经开始怀疑这些东西的可靠性。但我还是请求你们相信我，这些都是真的。很多时候，真相不只有一个，也不容易存在于表面。我知道我说的有些玄乎，但在我内心，这两篇日记没什么矛盾可言。而且就算你们不相信，我也确实已经不太记得2033年发生的事了，所以这似乎是唯一的线索。另外，你们也许会疑惑的另一点是，这些生活的碎片未免太过琐碎。这我只能承认，当我通过这些日记回首我的生活时，也猜到了你们会这样觉得。当然，我自己并不这么认为。我不愿意对这些东西多加修饰，或是从中结构出什么戏剧性和内涵来。我认为这些东西已经足够深刻。它足以让自己成为一个迷宫。我觉得我似乎解释得有些多，这令我看起来像是在为自己辩解。抱歉，这不是我的本意。我自负地将这些与诸位无关的事情讲述出来，并没有什么目的。只是因为它发生了。

2008 年 10 月 21 日　周二　天气：晴

　　今天生日，我是天才！

2040 年 12 月 31 日　周一　天气：黑

失败了，我用了这么久写它，却遭到了想不到的批评。在此之前，我好像没有品尝过失败的滋味。而这一次次的失败，却是彻头彻尾，对我一切的否定。最为残酷的是，它并非像斩首一样一刀致命，而是把我丢进一口幽深黑暗的井里，再慢慢注水，一点一点漫过我的头顶。我满怀期待出版了我的书。批判声却纷至沓来。起初，我还天真地奢望能有慧眼识珠之人给出一些好的评价，但逐渐地，我发现这没有任何希望。

我想这是发生在我身上最可怕的事 —— 我发现自己一无是处。这是我最得意的东西，竟然沦为了渣滓。这令我觉得自己是个废人。我不知道我该怎么走出这一件事情，我想这是不可能的。我没有什么改正的机会，这本书将成为我一生的污点，这个头开错了，往后便无路可走。我没有失败过，所以我根本不知道我该如何面对失败。这是一种深深的无力感，我无法改变别人对我的评价，难道我还要再写一本书吗？以我现在的状态，什么事都做不了，但如果我要改变现在的状态，我必须做点什么。这是一个死循环，我想是没有办法破解的。

我想起了许多人，我的父母、我的爷爷奶奶、我曾经的同学，包括我喜欢过的女孩。他们并不嘲笑我，还像往常一样。但在这时想起他们就是一件太痛苦的事情。

这几年我一直把自己锁在屋里，连窗帘都不拉开，把所有的钟表都丢了。我让自己陷入一个没有时间的空间，切断了所有与外界的联系，也切断了与自己的联系。我把所有的时间都放在了这本书里。我甚至曾经坚信我找到了真理，但事实证明我是多么的可笑。当我完成这本书的时候，我觉得我掌握了一切。但是现在，我只是被所有人唾弃的一个自我陶醉的废人。自我陶醉，我真是想嘲笑自己。太可笑了。我竟然如此幼稚，却还希望所有人将它奉为圭臬。

现在回想起来，我的生活中已经没有什么别人的存在。当然，我也不在乎他们。曾经，我觉得我只需要有这本书就可以了，但是现在，这书已经不存在了，它成为了一个笑话。于是乎，我变成了一个彻头彻尾的垃圾。

可我突然想起了小瑜，我想我可能是爱她的。是啊，她是个不错的女人。我又想起了张会，他自杀前是否也这么痛苦呢？可我又突然觉得，我的生命里根本没有于小瑜这个人，张会似乎也是个和我毫不相关的人。在我的脑海里，他们的印象是那样失真。我不确定我是否真的认识他们，可是他们已经是我记忆中最为清晰的形象了。还有杨璠？可恶，我怎么又想起了她。她明明那样地不重要。但讽刺的是，杨璠在我脑海里的印象是最为真实的。我确信我在上中学的时候认识过这个人。我不确定我有过妻子，我不确定我是否认识我最好的朋友，但我确实确定，我认识这么一个我根本不熟的人。我到底是怎么了？

我是否该寄一本我的书给杨璠？也许她会支持我。妈的，我的思绪已经混乱到了什么地步。我不想喝酒，我极度厌恶酒精，它令我感到生理上的不适。但我想不出还能有什么办法让我自己暂时逃离这样的状况。我到底多少岁了？我在2000年出生，现在应该40了。可我忽然觉得我只存活了17年，也许长一点，20年。我记忆中所有的生活片段加起来，似乎根本充满不了40年的容量，可有些时候，又觉得它们间拥有无比遥远的间隔。有好多事情我已经模糊了。比如我曾经到过依扎尔盆地，在当地进行过田野调查，那给予我许多灵感。可我怎么也想不起来我为什么会去到那里。我怎么会去一个刚果的热带雨林呢。我真的去过那里吗，我在想什么？

其实，并没有什么大不了的。我只是没有写好这一本书。也许是大多数人总是愚蠢的，他们什么也不明白。可是许多我尊敬的人也批评了我。这真是让我没法忍受了。

你知道我刚才看见什么了吗？灰星，它还在那儿，样子和第一次看见它时没有什么区别。我是在爷爷出殡时看到它的。我不太记得了。这不重要，一点都不重要。可能我很小的时候就见过灰星了。这不重要。不，这很重要。

现在它再一次出现了。我已经许久许久没有看到过它，因为我一直在这个地下室里，许久许久没有看到过地上的世界。等等，我是在地下室吗？我明明应该在自己的家里。我是为了躲避于小瑜才租的地下室吗？可我记得我一直一个人住在家里。我怎么连眼前的景象也看不清了。我写不下去了。

我要到灰星去。

2041 年 1 月 6 日　周日　天气：水

这是我在灰星上待的第七天了。

事实上，我觉得我不能以地球上的时间来衡量灰星。这里的时间与空间似乎不太寻常。我时常能看到我自己，也时常能一步走到星球的另一边。后来我突然想到，由于这颗星是我的，也许我便拥有时空上的最大自由。

灰星的环境和我的梦境里没有相差多少。灰星的地表有无数的细线，错综复杂，没有规律可循。宽阔的道路四通八达，通向一些奇怪的建筑和房屋，大多是金属色。还有深蓝接近黑色的海洋。还有些怎么也看不清的地方，就是我用望远镜观测到的那些死黑的部分。

我在灰星领略了我的一生，甚至可以说，领略了我的许多人生。比如，我在一个广场上看到了我的书籍出版并大获成功。又比如，我看到我与张会在进入小学后分到了不同的班级，从此没有什么交集，之后在初中时和杨璠谈了一次恋爱。甚至在一个房子里，我看到了我和杨璠结婚并度过了余生。有一条路上，我发现只有我和哥哥走在爷爷出殡队伍的最前列，弟弟还没有出生，我只有 6 岁，被哥哥按着跪到了地上。另一条路上，爷爷正在追着奔跑着的我，那应该是在小学放学，我在与爷爷嬉闹。在一幢大楼里，我在画展与于小瑜擦身而过。这所有的一切都各自发生在灰星之上。它们互不干扰，仿佛许多完全不相干的电影在放映。我发现了，这些都作为我的记忆，它们的细节是如此具有情感，并切实地发生过，而非只是不同的可能性而已，它们和所谓的平行宇宙也没有关系，它们都发生在同一个宇宙中，同一个星球之上，同一个大脑里。如若真相只有一个，那这个世界一定没有真相可言，不然该是多么死气沉沉。当然，无论如何，只有一个我。我就是真相。

第七天，也就是今天的早上。我走到了一个墓地。那里有许多许多的墓碑，上面写着我的爷爷、张会、于小瑜、杨璠、我的爸妈、黄凡、王扬，还有所有我曾认识的人的名字。在它们墓碑中间，是我的墓碑，它也并没有什么特殊之处。我把我的墓挖了开来，底下涌上来了深蓝接近黑色的水。紧接着，灰星上所有的海水都向四周蔓延开来，它们很快覆盖了这一片墓地，覆盖了每一条道路和建筑，流向了灰星上的每一寸土地，包括永远也看不清楚的部分。

灰星的地表被深蓝接近黑色的海水取代了，它的表面没有一片陆地，没有一条岸。所有的一切都漂着，随即沉入了海底。

此刻，我在水中憋着气写完了我的最后一篇日记。现在，我要合上我的日记本。然后闭上眼，慢慢地沉入海底。我想我应该是要死了。

后来，我没有死。朋友们，我相信你们还记得这句话。这才是它应该出现的位置。我的确没有死，不然我怎么会在这里诉说。在我醒来时，海水已经退去了。我还在灰星的地面上。不同的是，灰星上的一切都消失了，包括那一层厚厚的大气。灰星的表面变成了一片纯白。所以现在，再称它为灰星似乎不太合适。但既然叫了，便也无所谓。灰星地表上的细线也不见了踪迹，它变得光滑无比。

　　我想，在整个宇宙间，这是最为干净的一颗行星。在它的地表之上，什么也没有，只有我自己。于是在这颗行星上，所有的故事就都已经结束，所有的故事也都可以开始。

2016.4

遗失学

香烟在烟灰缸边缘保持着平衡状态，很快它就会颤一下，随即倾覆。李灯指着升起的烟雾说："这就是失去平衡的痕迹。"化学和物理给出了它们的解释，但显然不够。

李灯的店铺开业时，他拿出一瓶雪碧，把我们招呼过去。店铺周围很安静，我知道他事先偷偷派人清了知了。李灯慢慢拧开雪碧的盖子，他的力道控制得很精准，让气体逃逸的声音能被我们所有人听到，同时又足够长。

李灯说："遗失学研究的都是事物遗失的痕迹，而这些痕迹也很快就会遗失，这就是遗失学的核心。烟雾飘散，声音渐隐，都符合这个定义。"李灯取出一个本子，上面别着一支墨水即将用尽的水笔。

"你看，这就是个反例。这本日记上密密麻麻的东西就是遗失的痕迹，但这个痕迹将持续存在很久。"

我轻微点了点头。

"所以这是一种半遗失状态。"李灯补充到，他顿了顿，"人类长期处于半遗失状态。"

遗失学规定，处于半遗失状态的事物在遗失痕迹彻底遗失后就进入了遗失态，但它们被定义为长遗失体，不同于很快遗失的短遗失体。

这项原则漏洞百出。首先，"彻底"是难以定义的，比如烟雾只是被稀释，无法说彻底消失。其次，痕迹遗失的"快"与"慢"也缺乏界定标准。

"太粗糙了。"我说。

"遗失学不是科学，它是知觉本身。"李灯说，"如果非要类比，它和棉花糖学最接近。"

棉花糖学是李灯小学时提出的说法。他认为棉花糖的形状只有在被吃完的一刻才能被确定，因为每吃一口，棉花糖就被扯成新的形状，而棉花糖最终的形状则是被吃去每口的总和。

"遗失学同样也可以解释棉花糖。"李灯突然很兴奋，他跳起来，"甜就是棉花糖遗失的痕迹！"

我摇摇脑袋，准备告别李灯和他的理论。走到一半时，我想到了打击他的办法。我转身对李灯说："遗失学很无聊。我可以说所有的东西都是时间遗失的痕迹，那时间的遗失是短还是长，是彻底还是不彻底！"

李灯没有收起他的笑容，他走到我面前，像迫近的浪，把手搭在了我的肩上。

"你入门了。"他说。

而我一点都不觉得高兴，想一拳打在他的脸上。但这种想法很快就遗失了，甚至找不到痕迹。

2017.6

迭代之行（四）

八月二十九日

山路

气温下降之后，风也大起来，拔起书中的几页纸。许国强在山崖边折了几架飞机，其中一个撞在对面的峭壁上。他打一个冷战，收回胳膊。星期五与阿光在另外一角摆弄一架望远镜。阳台缩紧了一小步的距离，让我们得以看清山坡上的羊。司机说，明天它们就将被宰杀，作为节日的仪式。再远处是一些古老的城镇遗址，此时已经在逐步梳理自己的裂纹，另外，有果树多次出现，最近的一棵在我的正下方。

这些都不如山路对面的小摊显眼，那是一张堆满橙子的桌子，无人看守。橙子拥挤在一起，没有形成一个明确的顶部，但它们明确地勾勒出一个秋季的轮廓。如果退进这家驿站里，尤其是站在阳台上，那么冬天会以一种温度之外的方式迅速到来。通常是一个很难抵达的约定地点，隐匿在比较荒芜的破败建筑群之间。天总是黑得早，少有灯，只有人群聚集处有光亮，而只要稍微远离他们，就立刻置身于陌生之中。声音是从不远处传来的，但相隔了一段，屏障很稳定，光亮也只控制在零星的几处，多了声音就大，再少就容易吞噬理智。这个视力与听力范围的尺度恰好是感受抽离的尺度，而寒冷则是抽离的反作用力，它使你在是否变得一致间犹豫和来回踱步。这不是一间小房子里的焦虑，而是在山崖边一条半身宽的险径上的焦虑。好在有阳台，阳台是安全的。

张小莉抱着双臂来到阳台，她靠近我，用指甲揪起我小臂上的肉，然后轻轻地弹一下。这是她从小就有的习惯，属于完全下意识的动作，只是大学之后逐渐地不再如此。我侧头看她，她并没有意识到这个行为，紧接着是第二下。在我试图阻止她继续的时候，许国强突然惊恐地啊呀一声。他跑到我旁边，伸出左边手臂说，你看我是不是长了一个脂肪瘤，你摸。他把我的手搭在他的胳膊上，那地方似乎是有一个硬块。阿光和星期五闻声而来，他们安慰许国强说没什么大不了，甚至是笑着说。

我有些不知所措，焦虑在许国强的脸上挤作一团，安慰是对彼此的消解。冬天在此时安排了风，当下的月份沉入山谷里，埋在果树底下。司机在店门口嚼完一包口香糖，在他招呼我们回车继续上路之前，张小莉又弹了我的胳膊很多下。

峡谷

　　无法判断溪流是从哪里涌出的，它又暗中钻进一条水渠，光线作为霜浮动在表层。水渠是折线，最终停在一棵树下，几块石板围出一个较大的结束。女孩坐在树根进入地面前的最后一段上，我认出那是张小莉。她抱着一个木桶，里面盛着三分之一的水，把峡谷露出的一条窄窄的天倒映在其中。我与她打招呼，她站起来，用两次眨眼的工夫认出了我，先是带着欣慰的笑，接着抬起手指向对面的岩壁。

　　红色的岩壁在溪流的上方，星期五挂着一根绳子，攀在十多米高的位置。许国强盘腿坐在顶上，两只鼠妇从他大腿下的石缝里爬出来。

　　我回头问张小莉，她已经在这儿住了多久。张小莉说记不太清，有一段时间了。溪流里的人多起来，大多在戏水，都挽起裤脚，也袒露上身。还能看见一些透明的守界人，他们稀松地杵在水里，偶尔扶一扶险些滑倒的孩童，其他什么也不做。

　　张小莉从水桶的底部拿出一个比拳头还要小上许多的金字塔来，是乳白色石雕的一个模型，她用衣角将上面的水渍擦干，然后拉开我背包的拉链，将它轻轻放进里面。你还带着日记。张小莉说。我说是的。她说，还有两本书，背着不重吗。我说，那你还往里放东西。张小莉问我，之后是不是要去沙漠。我点头。她说要与我一同去。我告诉她，阿光刚刚联系到一辆车，司机会载我们一路开进沙漠，在帐篷里住上一晚。

星期五已经爬上了崖顶，许国强给他卸下了装备。他俩朝我们挥挥手，又往峡谷的深处指，示意我们过去。

我们沿着溪流朝他们所指的方向走去，一路上溪流埋入地面多次。在一处水浅的地带，修着一座木头房子，门口竖着一个标牌，我看不懂上面的文字，但感到熟悉。一个光着身子的小孩儿摇晃着往房子的台阶上走，他滑倒在门前，哭泣起来。守界人没有扶他，只是轻轻地擦过他的父母以示提醒，之后转了转门锁，确认那依旧是无法进入的。阿光从一个巨大但很浅的山洞里走出来，告诉我们联系到的司机就在这里。他领我们往里，一辆小面包车停在避光的一块地方，星期五和许国强已经在车里。

我和张小莉一坐上去，光头司机便发动了车子，他的名片夹在车的各个角落，上面用带着弧度的黄色艺术字印着一个容易读出的名字：Yahia!。面包车驶出洞穴，日光再次平铺在全部的视野里，Yahia! 摇下车窗，把冷气开到了最大。

焦土

阿光提到额头；他终于提到额头，但没有多说。他只是在一个加油站，趁太阳变大时拿手掌蹭过那里，然后问我有没有出油。我想这也许是他目前能做到的最大值。虽然过于隐晦，不过也足以令人欣慰。阿光想，还是太难了。我可以理解。

我想起幼儿园时的阿光，他从那时起就总是一个人。回到车上，我同他说起窦老师，他点点头说记得，接着说他更常想起的是潘老师。

有两个潘老师，一个与窦老师搭班，另一个是小学的潘老师。小学的潘老师在脖子上有一块胎记，初中时我的同桌有一块一模一样的胎记。那种胎记是一块深色的不规则图案，覆盖了脖子的三分之一，上面有许多浅褐色的点。在一节音乐课上，潘老师扬起下巴，指着她的胎记说它曾如何令她自卑。另一次，她拿出杂志读了一篇文章，是关于一个残疾人，在现在的我看来，那个故事的宗旨是叫人同情那个人。但当时不然，当时的我由衷地同情他。读完后潘老师问我，是不是又难过了。我不太明白她为什么要加上又，但我的确很不好受。回家之后，我也买了一本那期杂志，还裁下了那篇文章，随身放进书包里，这又加重了我的情绪，并持续了一段时间。这段时间的压强极大，所以不能被轻易展开，这样的时间总是记忆中的一个凸点，像是头发上的结，诉说时也总是被整块地取出，嚼不烂，慢慢就成为腌制品。

潘老师曾牵过一次我的手，是在一次莫名其妙的活动后。那天全年级的学生都挤在大礼堂里，在新校区的地下食堂修好之前，那里同时是我们的用餐场所，所以永远弥漫着饭菜的味道。年级组长让我们学一首歌，她忽而突发奇想地叫乐队里的打击乐手上去打节奏。我于是和另外两个同学一起被抓上了台。结束后，潘老师走在我们班的队伍旁边，那时我意识到她是我们的副班主任。她走到我身边，抓起我的手，和我说，刚才打得不好。除此之外，潘老师还把我叫去办公室过两回。一次是由于我给同学取外号，她捡到了那个同学骂我的纸条，弄清原委之后找到我，说我侮辱了那个同学。我说我没有侮辱他的意思，只是好玩。她将我痛骂一顿，称我过于自我。另一次是，品德课上，老师说世界上第二美的词语是自由，最美的词语是母亲。我和阿光表示反对，说两者应该调换顺序。潘老师听说之后，先后将阿光和我叫去，给我们看一本关于女人的书。我印象中书里有一只猩猩，她说那是男人。那天她不断给我递纸，但我实在想不起来是因为我在感冒还是在哭。离开小学之后，我又见过一次她，是进入天文台的那天，也去见了老师，她与我握手。最后一次得知她的消息则是在上大学之前，我路过小学，一时兴起而进去，找到了已经成为副校长的班主任。在闲谈中我提到潘老师，副校长露出不悦的表情，说潘老师有精神问题，经常发火、骂学生、闹事，已经调离了。我于是没有多问。

阿光说他经常想起的是潘老师，但没有说是哪一个。从上下文来看，应该是幼儿园的潘老师，但上下文总是要坏一些事情，不可以太依赖它们。也或许是，阿光说的是幼儿园的潘老师，但说完后，很快地也想起了小学的潘老师，这不无可能。但阿光接着说，潘老师叫潘基坡，这个名字太奇怪，他怎么都忘不了，也从来不知道到底是哪几个字，相反，他自信地怀疑窦老师姓杜，是出于方言才说成是窦。如此看来，上下文的确扣准了那一句话的意义，但我想它仍然无法逼近任何一行间隙。

几道沙漠没过地平线，在远处起伏。路两旁是完全漆黑的土地，如同是沥青被刨碎。我们穿过一道门，像从某个建筑的沿街立面剥下的一层，又经过了一个土墙围起的篮球场。Yahia！说，我们快到骆驼站了。

沙漠

我们将行李寄放在 Yahia！的车上，只带上了过夜的必需品。Yahia！留在沙漠边的小镇过夜，而我们则要依靠骆驼在日落前抵达沙漠深处的帐篷区。

牵引骆驼的小伙让四只骆驼依次跪下，待我们坐上去后再站起。必须要提的是，升起的瞬间带有一种自然原生的力量，其实实际的高度不过一米多高，但能明显地体会到是另一生命在用力。如果仔细寻味，一定会在兴奋和刺激中体会到一丝的恐惧，这是驾驭机器所不具备的感受：尽管是由我们骑着骆驼，但我们却敬仰它，实则是在敬仰这样造物存在的本身与原因。再进一步，在骆驼升起的瞬间，有微小剂量的我被失去了，它自驼峰淌下，顺着骆驼的脚掌陷入沙地里，是嘀嗒的一瞬间。

我们在黄昏中前进，行走在沙丘的锋刃上。骆驼肥大的身躯使我的胯部很酸，于是在不陡的地方我便侧过身坐。引路的小伙则一直穿着拖鞋踩在沙粒上。这片大沙漠的沙粒极细，在稍远的距离看，沙丘的表面是一个完整的净面，但我们仍然清楚无数多的点与无限大的面之间的区别。沙丘变化不息，不难发现许多的波纹，它们是趋势存在的方式，也是点各自独立的证明，令沙丘成为一个储存着诸多可能性的变动矢量，而非禁止的永恒。

两排帐篷出现在视野里，引路的小伙将我们带到沙丘间的一处低地，地上布满了干燥的骆驼粪便，看得出所有的队伍都曾再次停留。待我们下地后（下降的瞬间也令人兴奋），他跪在地上，取出一块毛毡平铺在面前，随后从包里一件一件地摆出一些小玩意来，是一些饰品，或者是木雕、石雕，有的被纸或布包裹，他也不紧不慢地拆开后整齐地摆上毛毡。我们早已明白这是他的"副业"，也并没有购买的欲望，然而摆摊这一行为的放大，令我们感到尴尬甚至揪心。在他终于摆满五排之后，他摊开手，示意我们这些就是全部了。我们面面相觑，他显然已经唤起了我的同情，但仍有某种阻力阻碍我迈出那一步。直到阿光告诉他，我们不用这些，他于是习以为常地一件一件地将它们收起，速度也没有任何变化。张小莉突然上前，拿起一个金字塔的小石雕询问价格。小伙说二十迪拉姆，张小莉买下了它。他很快地收起装备，指向我们背后的沙丘说另一边就是帐篷。

踩着骆驼粪便，我们爬上了沙丘，每一步都陷得很深。日落在此时发生，我们已经经历多次。站在沙丘的顶端，许国强说有一队骑兵从地平线划过，在太阳前留下剪影。我随着他所指的地方看去，只看见一个短发女人的身影。张小莉站在我的身边，弹了一下我的手臂。

夜晚，我们围坐在篝火前与帐篷的主人还有其他的住客一起游戏。他们拿出手鼓，击鼓而歌。一曲之后，张小莉搬来一只。我很快地摸清了几种击打方式的音色，即兴演奏了一段，大家叫好。我回想起在乐队时最熟悉的节奏，打出伊克兰布序曲的开头。四个小节之后，张小莉哼起旋律。沙丘在无风的情况下挪了一小步，腾出一个空位，预备让流动更加松弛。

八月三十日

银河

凌晨三点，我们裹上外套走出帐篷。银河被推到我们面前。

阿光独自站在沙丘上看着天。我从包里拿出蓝色封面的日记本，在沙丘边上挖开一个小坑，将它埋在其中。日记的一角意外地碰到一个硬物，我拨开沙子，看不清它的样貌，形状像一台相机。我于是把它埋得更深，给日记留出足够的空间来。也许沙丘流动，很快它就会露出，在这里或在别处，被人捡起或者踩上一脚。最后看了一眼封面上写着的金色的"CML"后，我盖上了沙子。我想将其他的书本也留在帐篷里，不再携带，它们确实有些沉。

张小莉躺在熄灭的篝火堆旁的垫子上，说银河太近了。我于是也仰起头，让自己夹在星星与沙子之间，它们在数量和大小上的差距也许没有想象中的那么大，甚至应当很接近。我坐下，张小莉来到我旁边，她说有些冷，便靠在我的膝盖上，我拥抱住她。

我听见星体间发出沙砾摩擦的声响，银河在此刻效仿沙漠变得从未有过的满。尽管看上去它仍留着许多黑处，令人难以捉摸。

山坡

鲸鱼将我的所有疾病纳入腹中，如地面斜着消失，翅膀在羽毛掩护下熔铸入某道日光的尾声。它只从沙丘体内扶摇直上，或者自山的另一边游弋而出，影子覆盖漫山腰的羊。它们的皮肤和毛发斑驳，掺着杂色与污泥，在近处看必然令人心生厌烦。异味是所有生命间原始的传染病，症状是对他者的排斥。这里的缺省状态是一片纯绿，草往下是中空的泥土，再其下是整个山体的巨大内腔，大批的珍藏堆砌其中，却也只铺满一个底部，高处是黑暗。

在所有等待火化的线索、道具与谜底之中，摆放着一块山坡的中段。鲸鱼影子下的羊将阴凉的泥土从山体本身的山坡踩踏向山体内部的山坡，它们全都零散地落在一架牛头犬纸飞机的周围和机身上，不断迫近一个走失的临界状态。直至我们的车停在路边，刹车的惯性成为轻轻的一个推起。我们下车，自踏上地面开始，脚下的事情就变得不得而知。

Yahia！说，原本有姐妹两人常在这里烤羊肉串给过路的人，味道很好。但兴许是因为今天是节日，所以她们不在，只剩下没有被宰杀的羊遍布山坡。许国强忽然指着另一旁的树林喊，有猴子。我们快步到树林边缘的空地上，果然在树梢和地上有数十只猴子。

许国强走近树林，地面的几只猴子迅速躲开，树上的一只却跳在他身上，许国强对它说了些什么，猴子便安分下来。我记得很小的时候，我和许国强看过一部外国动画片，是关于一个能同动物交流的女孩环球旅行的故事。许国强告诉我，他也能和动物讲话，但不是每次都奏效。我权当作他在吹牛。还有一回，是在王伯的草地上，那天晚上是月食，大家都聚在一起等着月亮慢慢消失。那时流行的说法是天狗吃月，我想许国强也将天狗当作动物，所以在月食进行时不断地对着天上念叨。我告诉他我也可以，但许国强很认真地否定了我，他说你没有这个——说着朝我哈了一口气，是一大股蒜味。他说，你必须得吃蒜才行。其实许国强吃蒜是他姐姐的要求，原因是他的身体不好。我于是不再同他就这一特异功能展开争论，我相信比起这个他还是更愿意能飞起来，这一点我们几个都清楚。

Yahia！关切地望着走进树林的许国强。我则到了星期五身旁，他手指夹着一支玫瑰，心不在焉地坐在一块石头上。他几乎已经完全地清晰起来，与几天前不同，只需一眼就可以定位，也能明确地把他和周围区别开来。甚至有几个瞬间，他的轮廓线变得抢眼，是有些矫枉过正了。星期五看见我，花了几秒开口道，CML 到底是什么意思。

我还是笑了，告诉他其实它没有任何意思。只是在我很小的时候，和一个叫长灰了的邻居玩伴发明的一种语言，只有我们使用，CML 是其中最重要的一个词语，但没有确切的含义，CML 读作 Ce、Me、Li，我无法控制言说它的欲望，读出这三个字似乎能给我带来一种满足感，而这也没有任何的原因。于是我将 CML 作为了我的个人标志，在我不想用自己的名字表示自己时，我就会写下这三个字母。星期五点点头，我不确定他是否能够明白。我接着说起一件刚刚想到的事，我的父母也知道了 CML，他们同样好奇这是什么意思，但我无法同他们解释，每当我说出，他们都只能将它作为又一个不理解我的部分。有一次，我爸爸在酒局后回到家里，倒在床上不省人事，每到这种情况下他都会把我叫过去，说要拥抱我。那天他用手臂勾着我的脖子，把我拉到床边，满身的酒味。他胡言乱语了一些话，我不记得内容，忽然他把关了的翻盖手机拿起来，按下电源键，等了一会儿，在厂标的画面出现时把手机凑近我的耳朵，说你听，这个声音像不像在说CML，是不是，Ce、Me、Li。那是一段非常简单的音效，不构成旋律也与 Ce、Me、Li 没有任何相似之处，至少在我听来是如此。我点点头，不作声，他拍拍我，就让我回房间了。大概初中开始，我就不怎么使用 CML，而是由别的取而代之。大学之后，就不再有这样的代称。星期五摆弄着手里的玫瑰花，没有说话。

许国强在这时从树林里走出来，挠着后背。我看着他一步一步靠近，猛然觉得他似乎迅速地衰老了很多。许国强的头发已经掉了不少，发际线明显地后撤，卷发不再明显，身体也很有些发胖。还有他最担心的脂肪瘤，也在双臂上多出了几粒。

他边走边说，背上出奇地痒。阿光大笑，肯定是猴子身上的虱子跑去你那儿了。接着连连摆手开玩笑说，你别过来啊，离我们远一点。

染坊

Yahia！将我们送到小镇的广场，他说他的工作到这里就结束了，晚上要赶回家过节，明天是他小女儿的婚礼。我们给了他许多小费，与他道别。Yahia！临走前告诉我们，往前走就是古城区，著名的皮革染坊就在里面。我们于是将行李归置在旅店，徒步前往。

由于节日，一路上几乎没有行人。但古城的街道两旁都是羊被宰杀后遗留的痕迹，每一户人家在今天都需要杀一只羊，羊的不同部位会分几天吃完，而街道上残存着血迹和少许的内脏（大部分都被取走了，剩下的我并不清楚是什么），并伴随着浓烈的腥味。此外，还有一股难以名状的恶臭越来越重，阿光说那是皮革染坊的味道。

在进入染坊时，我们的鼻子已被熏到麻木，在嗅觉之外有了痛觉。星期五却说他对于这种味道情有独钟，但深吸一口气仍然会感到恶心。染缸并非依次独立的，而是连成一片池子，被分成大小不一的格，它们坐落于染坊的露天空地处，高低不同，有的还处在平房的屋顶，所以看起来是层次丰富的立体结构。这里仿佛是这个国家的原初工厂，把所有最饱和的颜色集中在一张调色盘之上，除此之外都是最原始的泥土和木头。这些颜色在这里附着上那些未来用作塑造这片土地的材料，再映射出整片土地来。不多的几个工人行走在染缸的边沿或搭出架子上。还有几个泡在染缸中工作，把自己当作颜料的一部分浸染皮革。星期五决定偷偷地下到染缸边，我们尾随其后。染缸边的气味意外地有所不同，此时羊的腥味早已被盖去，而染料与皮革的气味混合，像吃完某道菜后用上颌拱出一口气，遗留在舌根的味道。

星期五蹲在染缸旁，拿出口袋里的一枚石子，将一半浸在黄色的染料里，阿光在平房的门口朝里窥探，许国强踩上木板，随后跌入染缸之中。他再度出来时，身上被浑厚而黏稠的蓝色覆盖，工人们围过来，用水管朝许国强身上冲洗，随着染料的流失，许国强后背上的翅膀逐渐显现。

他站在一摊蓝色的水渍中，难以分清是天空的倒影还是染料本身的颜色。我有些认不出这个人的样貌：肥胖、谢顶、双臂的脂肪瘤，还有异味（不明来源），他被大量的疾病所裹挟，长着一对翅膀。又被水淋得湿透。

可是很快地，我确信眼前的这个人就是许国强，他也同时是另一个在很久之前我便见过的人：一个长翅膀的男人，频繁地穿梭于各个机场之间。但许国强不会这么做的，我确切地明白这一点，他被另一种可能性充盈。他将他的翅膀展开，羽翼的末梢刺破了酝酿已久的临界状态。许国强揉揉眼睛，并不显得有一丝疲惫，只是苏醒得不那么迅速。他像一颗热气球般升起，如一个开头，逐渐兴奋，疾病被作为部分的燃料与沙袋——而这些，都仅仅是许国强留给这广袤地面的一点面子罢了。

八月三十一日

寺庙

很难精确地把握住这一点：即大雾究竟是如何弥漫或者升起的，我从未清晰且完整地经历这一过程。回到边境所在的城市，从未命名的某个时间点起，大雾就成了这一整片区域的填充物，令我几乎无法同时看清阿光与星期五两人。

蓝绿色的大寺庙位于成片的礁石之上，通过一条笔直的天桥与陆地连接。还有一条伸向海面的走廊，长达六千米，需要一小时才能抵达尽头。它的尽头是一座透明建筑，其内是一个边长四米简单的浴池。浴池没有底部，而是四边往海底延伸出四面玻璃墙，造成一座巨大的垂直通道。顺着通道往下，在靠近海面三分之一的地方，是一间餐厅。有一张长桌位于正中，厨房位于一侧。再往下三分之一，是一间空旷的房间，只摆着一张床，和一排消毒室。接着就到了海底，通道扎入海底一米左右，地面上是一扇石板。石板之下存放着这个故事的结束所在，而现在我们必须绕行。

作为清晨第一批进入大寺庙的游客，除我们外，几乎所有人都跟随着各自团体的向导，缓慢地从寺庙内部的不同局部逸散开来。我们提着装鞋的袋子（进来之后必须脱鞋），来到没有人的一处平台，它位于二楼，只有一些被称为恒发士多的麻雀停在地毯上。星期五发现了位于平台尽头的一处螺旋楼梯，顺着它我们经过一个半圆形的阶梯剧场，找到了位于地下的雕塑群。在所有雕塑的前方，是守界人的塑像，他打开双臂，做出欢迎的姿态。步入其间，我们从未见过有如此多的雕塑拥挤地聚集在一起，目不暇接已经不足以形容它们摆放的密集，它们似乎完全不考虑参观者的接受程度和体力，或者说，它们根本就不是为了被参观而设立的。

很快可以发现，这些雕塑没有任何的描述和名称，它们所描绘的内容也没有统一的主题。在材质上，大多是石质的，也有部分的金属和木头，还有很少的泥塑甚至纸雕。我们穿梭其间，很快就被它们所包围，看不清任何一条边界和出口。星期五突然说，这些雕塑仍然可以找出一个共同点：它们都无法找到出处，并非来自于任何的典籍或故事。在我未来得及确认这一点时，阿光喘着气跑来（我们并未注意到他的离开），他指着跑来的方向，说那里有一条湍急的溪流。

阿光带我们穿过雕塑群，花费许久来到墙边。我顺着墙看去，仍然看不见尽头，但此时我们确实站在一个墙角，而沿着墙脚则是一条大约二十厘米宽的水沟。我们问阿光，这就是溪流吗。阿光指了指墙上的一个水龙头。我和星期五表示疑惑，他示意我们后退一些，接着拧开了龙头。

水几乎是从水龙头里流出的那一刻起就瞬间充满了整条水沟，使用湍急一词相当准确，不过说是溪流实在有些偏颇，因为这根本不是一条水沟的样貌，而确凿就是一条大河。它发出震耳的响声，同时涌起层层叠叠的大浪。语言难以描述这样的感受：一条大河被放置在一条水沟之中，但依旧保留着它的气质与规模。

我们蹲在这条激流旁边，令它充斥整个视野。很快地，就完全置身其中，任由巨大的水声和浪花淹没我们，在不可抗拒的流动中放下一切的气力。而回过神时，已经是在寺庙外的广场之上，周围仍然大雾弥漫。

车站

节日带来的休假仍在继续，我们只得前往火车站里的快餐店填饱肚子。

车站像一块积木，在路旁的建筑之中并不显眼。第一眼时，我以为那是一座商场。它显然要比大多数的火车站更加轻盈，不负担过于沉重的人流和负载在交通之上的附加意义，只是一个入口和出口，加上了一个外壳，用一个简单的隔离手段来缓冲出发或抵达的突兀感，简而言之是一种空间的仪式与实际功用间的最小公约数。

星期五疯狂地在车站的各家店铺里寻找凝胶软糖，他从大寺庙出来后就不断提及这种零食。我与阿光坐在靠窗的位置，我忽然想起他曾经要成为一名列车员的念头。他当然早就放弃了，此时的阿光是一名作者，与所有作者相同，他在试图与文字争夺主动权的较量中被搞得心力交瘁。我想，当时的阿光之所以会选择去成为一名列车员，只不过是通过一种稀有的行为使自己更有所依托罢了。在相同和不同这两个存活的理由中，阿光倾向于后者。

窦老师离开幼儿园后的一段时间，阿光每天都很难过。事实上，在我的记忆中阿光是最容易因为这种事感到悲伤的人。在旅途结束之后，最为消沉的一定是他。小学时，是他提醒我有王伯这个人的存在。他说：王伯的平房像宫殿。我一直念叨这句话。现在，我难以捕捉他的情绪，他用两根吸管匀速地喝着可乐，似乎很快就要喝完。

海岸

星期五于大雾之中显得格外自然，模糊的边缘消解了他与周围尚存的最后一点矛盾。他走在路的中央，有时也走上马背。

我们在小巷子里找到一些违禁食品，小心地藏好后拐到了街上。入夜之后，路灯照亮的范围由于雾气的存在而明显地显现出来，此时如果有风，光线就会波动闪烁。一个手上挂着袜子的乞丐坐在灯下，我们从口袋里摸出几枚硬币，放进了他的碗里。乞丐用一些含糊的音节感谢了我们。在幼年的一座天桥上，我的妈妈抱着我，经过一个乞丐的身边，我要我的妈妈给他一些钱，但妈妈说那是假的乞丐。在日后所有提到乞丐的时刻，我们都会想起这一画面。

我们走进滨海公园，在一张长椅上坐下。海边停着一艘巨大的货船，货船的一侧用庞大的英文字符标识着它的名称。不断有人从船上下来，他们围成许多的圆圈，在码头上错落地排开。起先是在歌唱，旋律发烫，后来开始旋转。一个圆圈旋转入另一个圆圈，彼此穿过。最后只剩下影子相叠。货船的汽笛鸣响，令长椅为之一振。乞丐从几十米远处的地方走向泊船的码头，他颤颤巍巍，最终消失在几个圆圈之中。我们盯着货船的舱门，它没有关闭，里面是一片漆黑，偶尔有一些亮光闪过。汽笛再一次响起，这一次整个海岸前被提高了一寸。在这一寸中积压许多的切片、看起来难以独立成章的短暂联系。一个被称作大妈妈的邻居挖走了一手掌的土，放进书包里，斜背着登上了船。在第三声汽笛声过后，我们听见大雾的深处传来汹涌的水声，激烈异常。

星期五和阿光在我的两旁站起来，我依旧无法同时看清他们两个。

九月一日

机舱

返程的飞机上我睡得很沉。醒来时，星期五告诉我他看完了三部电影，而我连续睡了六个小时。我打着哈欠站起身子，撑着椅背环视了一圈机舱，在发现没有任何熟悉的身影后回到座位上。我将舷窗的采光板升起，是一个白天。

机场

在这个作为世界上最大中转站的机场里，我们将剩下的外币取整兑换了。还余下一些零钱，星期五去买了两杯当地的石榴汽水（非常可口）。

我们坐在候机室旁的餐厅里，周围的喧闹声要比上一次出发时大很多。在这样的环境下，星期五滔滔不绝地向我叙述了在旅途结束之后他的打算，包括如何安排剩下的假期，下一次旅行的目的地，和未来数年的规划。我听完默不作声，他也似乎并不期望我作出评论或提出什么建议，只是尝试确认之后时间的大致形状，当然还有界限。他也明白我似乎对这样的行为并不十分感兴趣，但这也无关紧要，至少此时，也包括之后的很长一段时间内（我也无法确定），他都并不需要在意我的思考。

机场依旧是透明的，我们可以看见一片巨大的空地，尽管它留给了所有飞机足够的空间，但仍然避免不了天生的拥挤。星期五喝水很快，这点与我大不相同。喝完整整一杯石榴汽水后，他说他要去一趟厕所。起身后他拍拍我，说靠近厕所的地方有一排躺椅，那里应该比较舒服。我于是听从了他的建议。

飞机上残存的困意仍没有消失，我尝试计算几个地点的时差，但躺椅的舒适令我很快迷糊起来，也许是打了一个盹，或者是闭眼了几分钟，在我再次清醒时，星期五还没有从厕所里出来。我抬起表看了看，离起飞还有足够的时间。于是我伸一个懒腰躺在张椅子上，把全身的力都卸下，再次独自目睹所有来往的人。

没有那么明显，但逐渐在加强，我慢慢感受到身下这张躺椅的震动，频率恰当而并不声张。我从椅子上站起，地面也有微微的震动，走得足够轻后就能体会，它们令我想起那间咖啡店里的桌子。我于是触碰起机场里的其他东西，在一瓶罐装肉松之后，我的手掌也震动起来，它带动我的手臂，肩膀，最后是我的全身。这时候，我清晰地体察到其他的所有人也都是如此（震动着），与我相同。

于是在这场上天赐予的一致性中，我行走在这座庞大的透明机场里，经过了每一个经过我身旁的行人。有那么一瞬间，我感到一丝本不应该出现的恐惧 —— 因为我无法得知它将在什么时候结束，或是否会结束。

2017.12

辞典：诗

公园

在入夜前散步
环卫工人给桥拱安上轮子
他支一艘小船，剩一个踏板

我知道，要等明天落下
天空会涂抹这片小水

情诗

爱情所坐的椅子，生于一周之前
但尚不满七日
此后对全部铁轨的端点过敏

落单的堤，河床间彼此模仿
我暗自备份你摘下的字符

也指给你：螺旋桨挂作风扇

受累的雕像、悬在二层的船舱

人难以独自涉入回溯的动作

四十平米以内，颠沛流离

如果捡起那片鹅卵石中的一个

其他所有也必将涌入中央

睡

我们不响的时候是在心算沸水散尽的时间

构想泡沫上每一粒洞口的破开方式

抛起掌纹，用你的睫毛勾住

俯上去，松开风后呼吸

呼吸呼吸，手贴手

但不在同一站下车。也不能声张

不能惊动持续一秒的停电

提防嗡嗡贴服的热气。或者不

或者只需养好一只兔，喂它吃青菜

一些我们都能吃的东西

一居室

同班的人站住同一堵白墙

楼梯间的外壳绞死一件风衣

向你允诺不再习惯于抓够

枯叶踩出声音攀上老人背脊

濒临低矮瀑布的开口，雾气失重

被听见的游隼不会由光学捕捉

假设显影术本该失灵

理应攥紧孵化前的暗部

所有痕迹像上周就松动的眼镜

站起，落在疲于修理

银河款款

黑患了近视

走失在光线里

心跳声摩擦枕头

提醒年龄

把所有旋臂塞进胸口

搅和时间、气味、暴晒或寓意

想证实爱恨

想活得长

想闻见花露水

想看见年轻

台风滩

人们以睡不醒的神态耕种

阀门被海浪拥堵

胸脯紧贴胸脯

面孔背对面孔

拧起了楼层上的团云

扯下雨水喷洒荒田

小麦流露出地表

弯着腰身

压住了持锄的人

野餐

凉拌过的语言

歪七扭八横在空余处

在沙滩嗑一些蟹钳

和蔼的海产尸骨

怀想简陋和萧索的干燥

腥味催眠

梦见风力发电

白色骨架与绿色罩布

高速公路能否抵达某个充沛的城市

是最常提及的问题

问题不被揭发

提及就会潮湿

汗水蒸透梦境

服务员将旅客驱逐

他牧他的店铺

海却不再管辖鱼

倒下

树洞或者树洞

弥漫遗失却假作真空

蚁行与逃逸

留下痕迹期待被找寻

她只误读一个讯号

不再折返

我拾起那泥人

安放在暗处

黑色的昆虫无意爬上车窗

摆摆手说分不清

隔了或是没隔着玻璃

高温预警

一笔灯光绷在几里开外的夜上

云端以灰显露自身

浮出轮廓，以混淆肌理

我愿把脏腑搁上窗台

用热风透气

也可把热风派进鼻腔

它接近脑

再放脑一马

嘘 ——

棉花

我们估读，我们截取

我们套用自身和他人

我们矮小，我们丈量

我们解散恐慌，保留迹象

我们望见山脉浮现

我们遁入低地无处可寻

我们发明我们

我们在一隅变得浓稠

我们对峙消失

我们延展至明日

补给品

往里，阳台的橙子堆没有形成顶部

都在滚下

偏爱的一个，就要把布景穿过
后来弹跳几个弧度

它也遇冷。

最末是我到你地方
请接过我，我正掰着指头了
是在倒数什么

氧化作用

从昨天起海岸线悄悄沸腾
伴随密集的翻身，沾上颜料后剥落
新结出的皮肤隐隐泛紫，几乎触地
食指向左拉扯折叠过数年的汽笛
焦赶出陈言旧语，混带着颗粒
还告诫不许同时想起太多的事，喘息流淌不止
过滤不掉失真的凉爽，总伴随某双眼
或者可以称作忘了云的晴天、某几双眼
就在这时停下，别把黏稠滚烫的掏出了
有人翻裂开，有人成为优等品
有人打包起他们，运向微微浮起的岛
在焚烧后又变得灼热起来

触底

我回想起许多笔直的夜晚

而特定月份下的气味兜圈，不远

但一定是在角落里燃烧

枝条，走得到的末端

卖场里所有声线的末端

指腹回答：最长的那一个最锋利

随后领略，在领略对视后跌落

在高举起我后失掉我

一粒虫沿边线迫近界外

被边线读取后它将忘记此行

走神

两次抬表之间

一个锐角的数字都被卸下

把时间带走声称调查

解散后，一直向右转，我你相切

沮丧的边缘，内道栏杆

装修丢失的地方，画一道小弧

如果长胖 —— 是常发生的事

就标上大于九十的某个数

也总会无人知晓

感冒

赶上浅睡时
就被整个地灌进袜子，
一枚杠铃图案，踢落在地板
我夹在来回的翻身中
做了关于醒来的梦，也关于
躲在大象滑梯后的几次你
喷嚏后鼻腔滞留，眼睑在蒸发
所有的波都更敏感，更崇拜预言
更希望巧合全瓦解
余下些易被掰碎的化合状迷信
让老人理成短发后许多发笑

解剖

二十四日，
打火机迅速点燃落发
灰
烬有理发店的味道

搬迁

一缕烟从阳台跃下，自此野生
死亡成为事情。躺在坐起的地方

在成年后怀念预产期，嚼烂牙、打水

历数云端露出的马脚，半夜出警

谩骂摆尾，夹克裹身，摩托车缓行

撕断和解的倒刺，吞食角质

选一个亲人同他说：

手洗的故事更潮湿，如同毛衣

油画布

多数时候，记忆是累积在帐篷里的蒸汽

冲撞着，并努力敲打平原的关节

郑重地命名某种气候，检查几具锚

混进随机排列的灰，间断着打扰

它们畏惧整齐，不愿挨挤

却统一出战线：

不耻汽水罐里的跳动声

拒绝贴附上浴室流汗的墙

抹去所有船桨回到水面的瞬间

释放微小概率的实情

就像温度被擒住尾骨，短暂失常

五年级

在两篇课文的缝隙开凿运河

有瓢虫反复超过影子

全体同桌按标准举起全体的左手

猜测：声响形状各异来自食堂

骑行者离开座椅企图射击

末梢的封地土壤贫瘠

天桥伴随竹林同时清空

流散出的赶在雨前挤满操场

梨

河床心怀戒备

终其一生抵挡泛滥

拖着下颌在案前干涸

它凝思着变好

却好成了一只梨

诞生

可以躲在一岁和一岁的空当，如同脚掌卡进车条，覆盖去
动物园的计划。或者是小区后的大坑，坑上的老人、未现
身的楼。其实早就实践过：喝完一瓶矿泉水而不停下，也
可以得到醉——只要肢体先行，睡前的呓语同理。被使
用的使用使用的，永远嚼不烂的道理，不必想着咽下去。
于是最终，会被时间挤出，沦落到新的一个实心地方，如
同铁在呼吸铜，绳子杀死结。但还是可以动，可以把不可

解当成唯一神，也可以用腿采集所有的岔路，岔路的交织点每一个都是今天。今天会成为昨天的化石，今天也把化石打破，像打破一个沾有饭粒的碗，而饭粒仍旧可以吃。

库房

从一个角度切入你
避免遇见太多旁人
习得将记忆象形的技巧
止于轮廓，匆匆匆匆
石子放弃变动，历史堆叠
或者打破某个镜面
大声喝止火车，轨道收敛
做梦是在游离间窥探
我撞到三千年前的人
他顾自打扫，雕刻一个场
假装忘记了现代

热月

风划过树叶的列表
号称自由的哗然

或者复制笑意

功率过载地结束群梦

起身投入你

或者近在咫尺的抽离

遗址

石砖修筑白天的中庭
陌生的暖意过期

你投靠睡眠又玩弄生长
妄图反手击打现实

我们拾起两个方向
走出时钟的一个背面

生物

日子里七上八下的小偷啊
你们为何不把鲸鱼的庞大窃走
为何不把明天的遥远窃走
为何不把我的我窃走
你们是面露狡黠的信差
只投递犯罪的预警
我渴求你们实施你们的行径

哪怕是碾碎

哪怕是麦黄色的一片狼藉

我渴求任何的到来

如同渴求离开现在

迎宾树

我把能想起的事都嚼烂了

吐出日子的核儿

目下响亮的云却提醒道

那是粒种子

消毒水

我自学了仰泳

偷窃天花板的近况

水花经过，折射同一个面孔

升起伴随遗落，怒斥道：

凭什么嘲笑一颗痣？

哨声搬运走十二年

最远的感动是露天，熄灭了的电影

乌乌泱泱或瑟瑟发抖的日光

我将她的泳帽夺来，舀起倒影

漂浮在模糊和闪光里的

像最后一秒的尸体

努力洋溢出幸福，我
谎称恋爱了

汤姆玛丽

汤姆和玛丽在画画
汤姆画了一棵树
玛丽画了一朵云
云下了雨
把树浇绿
他们两个很开心
把纸翻到背面
开始合作一朵花

小雾

要余生都在倘若里醒来
卡车驶起伴所只顾奔葬
牛奶从瓮里洒往窗下
溅起的被守候着的饮去

拥抱拥抱的动作，土壤翻身为影子
早起者的特权
树把鸟鸣席卷又释放
口渴的情人把日光当作凉

二维

你与她是叠影

唯一的合一

挖去一个角

很明显，墙上被人挖去了一个角。

这个做法值得认同，因为盐湖上的屋子缺乏门和窗。伫立的时候，只考虑到立面与屋顶的契合程度，而忽视了通道这一更为重要的元素。很多时候，专门研究盐湖建筑的学者都在讨论这样一个问题：当一个建筑没有入口时，它的内部空间究竟是否存在？而挖去一个角之后，由于多了一个洞，这个问题更加复杂：一个可以被看见但无法抵达的内部空间究竟有什么意义呢？这些都是无聊的议题，止步于白天就可以。

黑夜的时候，几个年轻人围坐在那个角周围。有一个说，你们把耳朵贴在角上，可以听见海螺的声音，那种嗡隆嗡隆，曾被认为是海水的记录。

另一个在持续他收集晶体的习惯，盐湖提供了这样一个场所，使他可以施展从小训练的辨识微小物体结构的本事。他用食指托起一粒钠说："它和被挖去的角长得一模一样。是等比例的缩放关系。"

总是会有一个看起来什么也不做的第三个人，他努力地思考怎样进入到墙体里面的空间去，在这个问题被解决前，他必须和盐湖一样静滞。而远处的湖面总比眼前的平静，所以他可能陷入这个僵硬的陷阱里。

第四个人坐得稍微远一些，为的是视觉上有点节奏的变化。他凑近水面，控制鼻腔、咽喉和舌头的松紧与位置，就可以闻出不同的味道。今天的气味比较不一样，带着一道"倏"，应该是从角上的那个洞里飘来的。没人知道夜晚具体在什么时间结束，年轻人又会选择在什么时间离开。盐湖很多时候像一面镜子，它有时候是五角场，有时候也可以是朝阳门，甚至可以是解放公园。但毋庸置疑，待在盐湖上的人越多，这里的浓度就越低，人群总会用体积上的堆积稀释意识的活性。

通常来说，白天的人比夜里多，四个有时是五个年轻人选择在夜里围坐下来，为的就是享受高一些的浓度体验。而不论是白天的人或是晚上的人，都不可避免地被挖去的一个角所改变。无从得知在那个角被挖去前，年轻人们在做什么，我们的观测是从角被挖去开始的。可以这么说，这段时空被关在盐湖上的屋子里，直到角被挖去后，它才得以通过它逃逸出来。

午轻人离开后，张大三的工作就开始了。他拿着个耙，任务是将盐湖的底整平。除此之外，他还要检视盐湖上七八十个屋子的情况，被挖去的那个角正是由他第一个发现的。

张大三是一个舒展的人，不管是在盐湖、土楼或者水镇，舒展的人都很难得，你从他拿耙的动作就可以看出来，他把耙送出去，再摇回来，都在吐纳之间完成，淡淡，连浓度都隐去不显现了。尽管如此，还是有人怀疑是他挖去了那个角。张大三并不响，仍继续他的工作。

日出时，张大三看见一个穿白大褂的外地人。穿白大褂的人身上有一股火锅底料的气味，他自称是一位地质学家。地质学家说，他从来没看到一个地方的人会如此执着地整平湖底。理论上，湖底对于一个地质学家来说太薄了，他并不应该对这么薄的表面感兴趣，但出于对张大三工作的好奇，他还是到了这里。张大三没有理会地质学家，直到日出的结尾，他才说，被挖去角的屋子在那边。地质学家就跑了过去，他没有觉得自己被识破是件多么丢人的事情，也就顾不得一愣，因为张大三善良的沉默已经给了他铺垫。

地质学家从盐湖上的屋子里找到了张大三指给他的那一个，他从白大褂里掏出一个角，小心翼翼地把它安放了回去。

至于后面发生的事，我们一定无从得知。

年轻人也许还会围坐在屋子的外面，找到其他提高浓度的事情去做。人群也应该还是会不断制造场域，把一切都稀释，把所有都习惯下来，他们的功率很大，哐哐哐哐。地质学家还是会四处做一些实验，过过瘾。这些都是我们无法得知的，连想象也不可能。我们坐在屋子里的死角处，只是经历了角被挖去后一次偶然的释放状态。其他时候，我们什么也无法感知，在一片混沌里，只有一个声音永恒存在，不断提示我们意识的形状。

"唰 —— 唰 ——"

张大三拿着耙将湖底整平。

"唰 —— 唰 —— 唰 ——"

其实他偷偷画了一个三角形，但没人会知道。

2017.6

后　记

　　去年四月份最后一周的某个下午，我结束一场疲惫的睡眠，从寝室的床上支起身子，几秒后下到桌前开始写一篇关于我与儿时邻居玩伴的小说。那时我刚刚拍完一个大费周章的短片作业，勉强补过一觉后，我决心先把这个片子搁在一边，做点与影像毫无瓜葛的事情，于是时隔半年，又重新写起文字来。

　　我花了两天时间写完这篇小说，目前它是这本集子中的第二篇，同时小说名也被定为了书名。完成之后，我将它发给朱岳老师询问意见，他表示满意，并提出出版小说集的想法。对此我当然没有准备好，事实上我总共只发过两个短篇给他，真正开始写作也才只有一年的时间，算得上完成的文字仅仅五六万字而已。但老师却说可以先签合同，再慢慢写，在一个宽松的期限内完成就可以。我相信这对于一个刚刚开始写作的人来说实在是一件太幸运的事情，几乎是中了奖，太诱人了。

　　我必须诚实地说，"出书"二字对我确实有着不小的吸引力，毕竟在我决定学习电影前，初中时也做过作家梦，当然无非是因为爱看些课外书，写作文能多拿一颗星而已。到了此刻，面对这个真正交些什么的机会时，我犹豫、兴奋且惶恐，它大致包含着：虚荣心、表达欲、试图留下痕迹、不自信以及许多其他杂念。

在正式定下出版这件事之前，由于拍完作业，我获得了一个三周的假期。利用这次间隙我回了一趟上海，当然是想休养生息一番，四月和五月的上海是气候宜人的，我已经不记得那两周里我具体做了什么，去了几次曲阳图书馆是一定的。在返回北京的途中，我在南京逗留了一晚，结果被事先约好的朋友放了鸽子，我于是到先锋书店里闲逛，毫无预兆地，就在那里遇到了胡波（胡迁）师兄。那是我第一次与他见面，此前他不认识我，我也只在课上看过他上学时拍的作业。那晚我们聊了些什么我记不太清楚，印象最深的是无关紧要的一个话题：我给他递了一根我爱抽的卡斯特，他说，哦，这个烟，学校附近有家店有卖。我至今没有去验证这个说法。那晚之后，第二次见到他就是在十月的葬礼上了。

在胡波的葬礼上，红卫老师说："纯粹也许不是一种品德，但它是一种天赋。"我反复想到这句话，我想这正是我尊敬胡波的原因。我们是秉性上截然不同的两种人，我相信我拥有一些才华，并浅薄乐观。但在纯粹这一天赋上我远远不及他，我经常清醒，时而抽离，时而审视，同时拥有太多杂念。其实，我刚刚回忆起我的第一位女朋友，她在初中时曾说我太感性，太情绪化。可到了大学，我的同学和老师们常说我是理性的典型，像个理工生（但不必怀疑，我的数学是很差的）。我无意于在此梳理我性格的构成或变化，我想大伙没有听我慷慨陈词作自我剖析的义务，这未免太自恋了。但不可否认的是，对自我的认识与怀疑伴随着我每分每秒的创作，它们不可分离，我也只可以表达自我，一个毫不宏大，甚至也许荒芜的自我，而非其他什么。

五月，经南京回到北京后，我与朱岳老师见了面。第一次去后浪出版公司的感觉挺奇妙，因为这些年每个学电影的人都一定或多或少地拥有过后浪的"电影学院"系列。坐在办公室里一张白色沙发上我们签了合同，那之后的大半年里我就开始了比较密集的写作。说是密集，其实也只是一个月一篇，至多两篇而已。我实在算不上多产的写作者，也不愿意为了出集子做凑字数的事，所以也就不紧不慢地写了。

至于说为了什么而写作，我当然也考虑过这个问题，甚至也会在动笔写某一篇之前问自己它是否值得去写，可越往后我越认定这些都是没有任何必要的。我选择写作，在很多时候是除了影像之外的一个出口。电影与文学完全是两种语言，我并不试图给它俩建立什么联系，我要说的是：相对于写作，拍电影太麻烦了，且裹着太多与创作无关的事。我无法吃饱饭了就找来一队人说拍就拍，但我可以自己打开电脑写些什么。写小说是很私人的，所以也很奢侈，电影不太能这样奢侈，尽管我也挺想的。除此之外，我也没有发现我的写作有哪些称得上神圣的原因，并且我相信这世界上绝大多数的写作都出于一些不起眼的动机：

出于无聊，出于过剩的性欲，出于对一段记忆的着迷，出于攀比，出于挑衅，出于疑惑不解或愤怒，出于想象的快感，出于虚荣心，出于自卑和自恋，出于许多不一而同的瞬间。这本集子（包括这篇后记）中的不少字甚至是我用手机打出来的，而这些都不足以决定作品的结果，如果一定要我说出一条创作的准则，那我想也只有诚实了。诚实的无聊，诚实的性欲，诚实的爱或恨，诚实的着迷，诚实的挑衅，诚实的想象。诚实是很难的，当我审视到纯粹与真诚的问题时，我就一定已经有了不诚实的杂念，但无论如何，我必须与之斗争，我不可以向它认怂，不可以停止写或拍。

最终在去年年底，我向出版公司交了稿，算是完成了这本集子。那之后到现在，我没怎么写小说，主要是在准备毕业作业的剧本，偶尔几个瞬间，会在手机备忘录里写那么几行字，你可以说是诗，或说是几个句子，或者什么也不必是。我想我应该会永远是一个业余的写作者，与其说能力，不如说是业余的状态。因为如果当真要谋生计那必然得另寻他法，靠写作为生应该与我关联不大。但我还是一定会继续写，因为我仍对我自己和这个世界都抱有浅薄的乐观，也甚是喜爱，我愿意接着重估和发现此二者。如果还有人愿意接着读，那是再好不过的事情。

最后，我必须感谢一些人，他们是：本书的编辑朱岳老师，感谢您让我中了奖；教我大一文学课的陈文颖老师，感谢您对我的鼓励和认可，我肯定需要这些；我的好朋友侯眺，感谢你不断对我说也让我说真话；还有我的父母，尽管你们常说看不太明白我在写什么，但你们仍一直看。我没有像我阅读过的许多书那样在扉页写上"献给"谁，那么我须要在此补救一下——我将这本集子献给你们，感谢你们。

董劼

2018.5

图书在版编目（CIP）数据

迁徙的间隙 / 董劼著 . -- 成都：四川文艺出版社，
2019.4

ISBN 978-7-5411-5327-3

Ⅰ . ①迁… Ⅱ . ①董… Ⅲ . ①短篇小说—小说集—中
国—当代 Ⅳ . ① I247.7

中国版本图书馆 CIP 数据核字 (2019) 第 038514 号

QIANXI DE JIANXI
迁徙的间隙

董　劼　著

选题策划	后浪出版公司
出版统筹	吴兴元
编辑统筹	朱　岳　梅天明
责任编辑	余　岚
特约编辑	朱　岳　孙皖豫
责任校对	汪　平
装帧制造	墨白空间·黄海
营销推广	ONEBOOK

出版发行　四川文艺出版社（成都市槐树街 2 号）
网　　址　www.scwys.com
电　　话　028-86259287（发行部）　028-86259303（编辑部）
传　　真　028-86259306

邮购地址　成都市槐树街 2 号四川文艺出版社邮购部 610031
印　　刷　北京盛通印刷股份有限公司
成品尺寸　130mm×210mm　　　　开　　本　32 开
印　　张　8　　　　　　　　　　　字　　数　150 千字
版　　次　2019 年 4 月第一版　　　印　　次　2019 年 4 月第一次印刷
书　　号　ISBN 978-7-5411-5327-3
定　　价　39.80 元